어쩌다, 우호 씨가 마주친 세상

어쩌다,
우호 씨가
마주친 세상

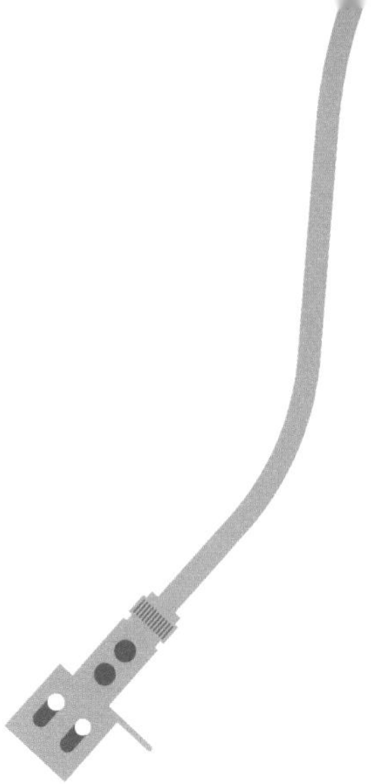

이우호 지음

시간여행

[Life in music]

[Prologue]

어쩌다 62년… 어떻게 된 거지?

눈을 뜨니 새벽 다섯 시를 조금 넘은 시간. 한번 깨면 다시 잠들기는 글렀다. 머릿속을 눌러오는 잡념이 정체 모를 불안과 부질없는 후회로 막 뻗어간다. 그걸 확, 끊어버리자면 음악이 필요하다. 아내 역시 새벽잠을 설치니 이어폰을 꽂고, 요즘 자주 듣는 〈어떻게 된 거야 What's up〉를 틀었다. 중독성이 강한 노래다.

아직도 내 인생은 희망의 큰 언덕을 오르려 하네.
어느 종착지를 향해서.

빈민가에서 절망에 절어 살던 무명 가수, 린다 페리는 희망은 헛된 거라고 자조한다.

나는 아침에 밖으로 나가 심호흡을 하지.

기분이 나아지고 흥분도 돼.
그러면 목청껏 소리를 질러.
내 삶은, 세상은 어떻게 돼가는 거냐고.

〈What's up〉은 절망의 늪을 노래했지만, 오히려 듣는 이들에게 희망의 기를 살려준 명곡이 되었다. 내게도 그렇게 들렸다. 희망의 언덕이란 게 보이진 않아도.

일곱 시가 되자, 친구나 지인들이 일제히 발신하는 소리가 요란하다.
"카톡!, 카톡!"
눌러보면 영락없다. 폴짝폴짝 뛰거나 빙빙 돌고 있는 이상한 이모티콘, 매일 비슷하게 반복되는 짧은 글귀가 썰렁하다.
"오늘도 우리, 활기찬 하루를!^^"
현직에 있을 때, 아는 선배들과 만난 술자리에서 '나이 들어봐, 별수 없어.'로 시작되던 뻔하고 지겨운 푸념이 생각났다. '나는 그러지 말아야지, 그렇게 안 살 거야!' 했던 내가 이 뻔하고 지겨운 일상을 날마다 맴돌고 있다니. 나도 밖으로 나가 What's up, 목청껏 소리를 지를까.
방송사를 퇴직하고 콘텐츠 만들던 사무실도 접고 보니, 60대 백수의 길에 서 있었다. 아침에 날 기다리는 사람은 아무도 없다. 나는 출근 시간이면 커피를 사 들고 동네 지하철역 부근 벤치로 간다. 거기 앉아서 오가는 사람들을 바라본다.

어느 날, 지하철역에서 쏟아져 나오는 청년들 사이를 거슬러 가는 내 또래 남자가 눈에 들어왔다. 등산복을 입고 바삐 가는 뒷모습이 슬로 비디오처럼 보였다. 세상의 주변부로 밀려난 상실감이 무작정 산행을 재촉하는, 그런 느낌 때문일 거다.

문득, '그런 단상으로 노래를 만들면 어떨까?' 생뚱한 생각이 들었다. 20대부터 마음속 깊이 잠겨있던 로망. 아니, 이젠 로망이 아니라 노망이라 해도 좋다. 까짓것 기왕이면 울림 있는 노래를 한번 만들어 보자. 그래서 난, 아침에 떠오르는 상념과 악상의 조각을 끌어모아 노래를 조립하기로 했다.

우선 김광석의 〈서른 즈음에〉를 패러디한다. 은퇴자의 페이소스를 담은 '예순 즈음에' 같은 타이틀. 기승전결을 갖춘 서사와 나름의 라임까지 넣어서 노랫말을 끄적인다.

그다음, 작곡은? 심플한 코드로 대박 히트곡을 낸다는, 세계적 추세라는 게 자신감에 불을 지폈다. 코드 세 개로 만들었다는 〈What's up〉이 그렇다. 오래 잠자고 있던 기타를 꺼내 들고 C-Am-F-G7으로 이어지는 멜로디 흐름을 만든다.

그런데, 멜로디가 왠지 익숙하다. 어디서 많이 들어본…. 아무래도 표절 각이다. 이거야말로 What's up, 어떻게 된 거지? 그러니 한참 때 늦은 싱어송라이터의 꿈은 일단 접을 수밖에. 바닥에 도로 누워버린 기타가 나를 비웃는 거 같았다.

'노래는 아무나 만드는 게 아니거든.'

낙담? 그런 건 없다. 요즘 하루하루는 팝송 제목처럼 〈더 잃을 게 없어Nothing left to lose〉 아닌가. 그래서 난, 이 뻔하고 지겨운 일상의 궤도를 벗어나려는 몸부림을 계속했다. 어떤 지인의 제안으로 한때는, 고故 신해철의 불꽃 같은 삶과 노래를 담은 극장용 다큐멘터리 제작을 구상한 적이 있었다. 근데, 잘 만들어 보겠다고 고민할수록 고갈된 에너지와 뒤떨어진 듯한 내 감각으론 자신이 없어서 두 달 만에 접었다.

그러다가, 더 늦기 전에 책을 써보자는 생각이 났다. 살아온 62년 세월을 되돌아보니 미리 정해져 있는 건 없었다. 새삼스러운 것도 없었다. 어쩌다 태어나 우연히 누구를 만나고, 어쩌다 이런저런 일을 겪은 게 내 삶이었다. 그런 내가 마주친 세상의 곡절 많은 얘기를 글로 옮기면 될 거 같았다.

파란의 시대를 지나온 오르막 내리막길 여정, 기자가 되어 경험한 세상사를 책의 씨줄로 삼았다. 그리고 인생은 고난의 연속이란 걸 일깨워준 사람들, 좋은 노래나 영화 속 이야기를 날줄로 해서 삶의 키워드로 엮어보았다. 글의 내용과 맥락에 맞는 노래 56곡이 실려서 '뮤직 에세이'로 볼 수도 있겠다.

나는 지금, 하얀 바닥이 보이는 얕은 물가에 앉아있다. 살면서 어두운 바람이 불고 물결이 거셀 때가 있었다. 나를 잃고 찾는 날이 반복

되기도 했다. 그래도 깊고 푸른 물속을 이리저리 유영할 때가 그립다. 아직도 바람이 불면 마음이 일렁거린다.

여전히 40대 감성을 지닌 거로 착각하는 나는 이 글이 방황하는 젊은 이들에게도 작은 위안과 희망이 되기를 바란다. 어지럽고 부박한 세상에서 나만의 진정한 빛깔을 찾아냈으면 한다.

▶ 4 Non blondes 〈어떻게 된 거야 What's up〉
https://youtu.be/6NXnxTNIWkc

CONTENTS

[Life in Music 1]

성장의
고통
마주하기

그해 여름, 나는 무작정 달렸다
내가 젊었을 때 모르던 것들

한恨은

마음心에 머무른艮 무엇이다.

원망스럽고 슬퍼서 가슴에 쌓인 응어리다.

성장기에 맺힌 한은 고통스럽지만

면역력을 기르는 백신이 될 수 있다.

한을 이겨내면서 성숙成熟해지고 어른이 된다.

어린 시절 내가 맞닥뜨린 일은 응어리를 만들었다.

그것은 세상을 보는 직관과 합쳐져

나만의 특성을 만들어 냈다.

타인들이 나를 인식하는 정체성이다

그해 여름, 나는 무작정 달렸다

2015년에 나온 「싱 스트리트Sing Street」라는 영화가 있다. 80년대 중반, 아일랜드가 배경이다. 영국의 대처가 일으킨 신자유주의는 옆 나라, 아일랜드 경제를 파탄으로 몰고 갔다. 실업자가 속출했고, 황폐한 수도 더블린 거리에는 절망만 남았다.

중학생 주인공 '코너'의 집도 그랬다. 직장에서 해고된 아빠는 어느 날 엄마와 이혼하기로 했다고 말한다. 코너는 울음을 감추기 위해 세면대 수도꼭지를 세게 틀고 세수를 한다. 끝내 흐느낌을 참지 못한 아이가 거울을 보며 엉엉 우는 모습은 내 어린 날과 많이 닮아 있었다. 전율이 일고 코끝이 시큰해지는 장면이다.

코너는 학교 아이들과 밴드를 만들어 노래한다.

그 애가 음악으로 응어리를 풀었다면 달리기로 한풀이를 한 주인공들이 있다. 만화영화 「달려라 하니」에서 하니는 엄마를 갑자기 여읜 슬픔을 달리기로 달랜다. 영화 「포레스트 검프」의 주인공 검프(톰 행크스)는 목적도, 목적지도 없는 달리기를 시작한다.

어머니의 죽음, 애인 제니와의 이별, 바보라 놀리던 주위 사람들. 그렇게 쌓인 응어리를 풀기 위해 3년 넘게 달린다. 그 영화를 봤을 때 '아, 이건!' 하는 느낌이 왔다. 나도 '무작정 달리기'를 했기 때문이다. 영화 속 검프가 달렸던 시대 배경은 70년대 후반이었는데 나는 1966년 여름, 안동 시내를 맨발로 뛰었다. 그때 그 아이를 마라톤 꿈나무로 본 사람은 없었을 거다. 왜냐면 울면서 달렸기 때문이다.

쫓아오던 고등학생 사촌 형이 붙잡지 못할 정도로, 나는 이상한 괴력을 보였다. 생활기록부에 '허약 체질'로 쓰여 있던 열 살 소년. 가냘픈 몸에서 솟아난 무서운 힘으로 어딜 향해 달려가고 있었을까. 나의 무작정 달리기는 안동 시내를 거의 반 바퀴 돈 뒤에야 끝났다.

주저앉아 울고 있던 내 어깨를 감싸며 사촌 형이 물었다.

"너, 왜 그랬니?"

사실, 뚜렷한 이유는 없었다.

서울 사는 사촌 형은 방학을 맞아 안동에 놀러 와 있었다. 그 형의 서울 얘기를 듣다가, 내가 불쑥 아버지한테 이렇게 말한 거로 기억한다.

"우리도 서울 가입시더."

하지만 묵묵부답, 아버지는 먼 산을 바라보셨는데 내가 느닷없는 달리기로 반항을 했던 거다. 서울로 가지 못해서만은 아니었다. 찬찬히 돌이켜 보면 그날의 '달리기 항거'는 열 살 소년의 가슴에 맺혀 있던 응어리를 처음 토해낸, 하나의 '성장통'이었다는 생각이다.

그때를 전후로 내가 품게 된 응어리는 무얼까? 나의 유아기와 소년기를 최대한 건조하게 압축하면 이렇다.

아버지는 영화 「국제시장」에 나오는 주인공처럼 함경도 출신의 실향민이다. 전쟁이 나기 전에 함흥에서 혼자 월남한 아버지는 대구에 정착한 뒤, 비교적 부유했던 외할머니의 무남독녀(나의 친모)와 결혼하셨다.

나는 적산가옥이 밀집해있던 대구 시내 중심가에서 태어났다. 하지만 그런대로 유복했던 유아기는 다섯 살 때, 부모의 이혼으로 끝나버린다. 기억을 저장할 수 없는 때였으니 이혼 사유는 알지 못한다.

1년 뒤 안동으로 이사하면서 새어머니를 만났다. 여섯 살의 어린 나이였지만 나는 한동안 마음이 혼란스러웠다. 나보다 네 살 많은 누나는 바뀐 환경에 더 적응하지 못했다. 아버지는 그 무렵 생긴 병으로 오래 고생하셨고 가세는 점점 나빠졌다.

나의 '달리기 항거'도 영향을 줬는지, 몇 달 뒤 우리 가족은 아버지를 따라 서울로 이사했다. 서울에는 고모 두 분이 살고 있었다. 월남한 뒤 수소문 끝에 만난 누님들 곁에서 외로움도 덜고, 아이들 교육도 잘 하려는 게 아버지 생각인 듯했다.

집안 사정이 좋진 않아도 생계가 위태로운 적은 없었다. 그런데 중학교 3학년에 올라갈 무렵, 어머니가 일주일간 행방불명되었다.

늦은 밤길에 뺑소니 교통사고를 당하셨는데 의식도 없고 신분증도 소지하지 않아서 가족을 찾을 수 없었던 거다. 여러 병원을 돌아다닌 끝에 겨우 찾아낸 어머니는 다섯 달이나 입원하셨다. 그때 나는 고모네 집에 얹혀살아야 했다. 고모는 눈칫밥 먹지 않도록 내 기를 살려주셨다.

영화가 그렇듯, 어둡고 짠한 분위기를 밝게 전환하는 장면도 있었다. 나는 어릴 때부터 동네에 소문날 정도로 노래를 잘 불렀다. 원래 내성적이고 사람들 앞에 서는 걸 두려워했다. 근데 초반에 몰입만 되면 울렁증이 사라지는 신기함을 맛보았다.

안동에서 대구로 나들이 가던 어느 날 열차 칸에서, 아버지 친구분이 바람을 잡아 즉석 무대가 마련됐다. 나는 이미자의 〈동백 아가씨〉에 이어, 완전 엉터리 영어 발음이지만 폴 앵카의 〈오! 캐럴 Oh! Carol〉을 부르기도 했다. 손뼉 치던 승객들 속에서 오랜만에 웃으시던 아버지의 얼굴이 또렷이 생각난다.

내 어린 시절에 '불우했던'이란 수식어를 붙일 수는 없다. 그 당시 영화 「저 하늘에도 슬픔이」에 나온 소년 가장처럼, 진짜 불우했던 아이들이 많았기 때문이다. 나는 어둡게 채색된 시대에, 가파른 고갯길을 넘어가던 보통의 소년들 가운데 하나였을 뿐이다.

다시 영화 「싱 스트리트」로 돌아가 보자.

주인공 코너는 자기보다 나이 많은 여자애를 좋아했다. 고아였던 여자 친구 라피나의 삶은 더 절망적이다. 코너는 〈너를 찾아서To find You〉라는 노래를 만들어 부른다. 이 노래에서 '너You'는 라피나와 함께 찾고자 했던 꿈과 희망일 수도, '진정한 나'일 수도 있지 않을까.

너는 침실 벽을 멍하니 바라보고
유령만이 네 곁을 지키고 있었지.
바람이 부르는 것 같은 저 밖,
어딘가에서 나는 '너'를 찾아가고 있어.
번개가 치고, 뜨거운 불길이 일어도
거센 폭포가 쏟아져도 견딜 수 있어.

그 무렵 나도 울적하면 벽을 보고 얘기하곤 했으니 첫 소절부터 와 닿는다. 그 애가 세수를 하면서 울음을 삼키던 장면과 겹치면 울림이 더 커지는 노래다. 그때, 그 느낌, 그대로를 내게 소환해 준 영화와 노래가 고맙다.

코너는 운명 같은 건 믿지 않는다며 고개를 젓는다. 내가 누군지를 알아야겠다고 말한다. 그리고 깨닫게 된다. 태어나서 기어 다닐 때부터 '앞을 향해' 가고 있었다는 걸. 코너는 자기만의 길에서(on my way) '너'를 찾아간다.

어린 날, 나도 나만의 길에서 '너'를 찾아가고 있었다.

- Sing Street OST 〈너를 찾아서 To find You〉
  https://youtu.be/m9Pr12ub1Lk
- Paul Anka 〈오! 캐럴 Oh! Carol〉
  https://youtu.be/4XHe6dSngt0
- 이미자 〈동백 아가씨〉
  https://youtu.be/gOSkGqplBgU

내가 젊었을 때 모르던 것들

중학생 때, 영어 과외선생님이 몇 분 계셨다. 내 가정 형편을 생각해선지 과외비를 받지 않은 고마운 분들이다. 근데 그분들은 나를 모른다. 팝송으로 영어를 가르쳐 준 클리프 리처드[1]와 글렌 캠벨[2], 그리고 〈예전에, 내가 젊었을 때Yesterday, when I was young〉를 부른 로이 클락이다. 가사 문장과 용법은 외웠지만, 그땐 어려서 그 노래가 뭘 얘기하는 건지 잘 몰랐다. 이런 소절이 있다.

눈부신 것들만 찾던 내게
마주하고 싶지 않은 고통이 있었지.

---

1 클리프 리처드(Cliff Richard); 인도 태생의 영국 가수로 1958년 데뷔. 〈The Young Ones〉, 〈Early in the morning〉 등의 수많은 히트곡이 있다. 영국 왕실의 기사작위를 받았으며, 현재 80세의 고령에도 신곡을 발표하는 왕성한 활동을 하고 있다.

2 글렌 캠벨(Glen Campbell); 60~70년대에 활동한 미국의 대표적인 컨트리 가수. 시간의 의미를 철학적으로 노래한 〈Time〉과 〈Rhinestone cowboy〉 등의 히트곡을 남겼다. 2017년, 81세를 일기로 타계.

입시가 얼마 남지 않았는데 집에 가면 마주해야 할 고통이 있었다. 어머니가 교통사고 후유증으로 누워계셨다. 왼쪽 팔다리 마비 증상이 아직 회복되지 않은 상태였다.

당시 고등학교는 전기, 후기로 나뉘어 학교별 입시를 치렀다. 전기 학교에 떨어진 나는 후기 학교에 들어갔다. 입시에서 실패한 아이들의 교실은 어두웠다. 게다가 집안 분위기도 암울해서 안동의 무작정 달리기를 다시 하고 싶은 심정이었다. 그렇다고 서울 시내를 맨발로 뛰어다니면 미친놈이란 소릴 들을 테니, 다른 탈출구를 찾았다.

우선, 교내 합창대회에 나갈 우리 반 지휘자로 나섰다. 음악적인 소질도 계발하고 내성적인 성격도 바꿀 겸, 좋은 기회였다. 옛날의 금잔디 동산에, 〈메기의 추억〉을 연습하다가 화음이란 게 이런 거구나! 느낌을 받은 애들 분위기가 확 살아났다. 우리 반이 1등, 나는 지휘 상을 받았다.

또 하나의 탈출구는 영어 동아리에 다니기. 여러 학교 애들이 모여 있던 동아리는 규모가 제법 컸다. 물론 여학생도 있었다. 나는 어쩌다 회장까지 하게 됐고, 천여 명의 학생이 모여 '영문학의 밤'을 치르기도 했다. 지금 생각하면 수줍음 많고 소극적이던 내가 그런 활동도 했다니, 나 자신을 의심할 정도다.

동아리에는 멘토들이 있었다. 근데 그들 중에 '후원'을 자신의 사익을 위한 '과시하기'로 삼는 상류층 어른이 있었다. 그는 학생의 집안 환경에 따라 차별하는 속내도 드러냈다. 나는 그걸 참지 못하고 회장 임기도 끝나기 전에 동아리에서 나와 버렸다.

성적은 반에서 40등이 될까 말까 한심했는데, 무슨 '필'을 받았는지 몰라도 뛰어오르기 시작했다. 고 3이 되자마자, 나랑 같이 놀던 친구들이 배신감을 느낄 만한 등수가 나왔다. 하지만 딱, 거기까지였다.

어느 학교나 그러지 않았을까. 영화 「친구」에는 교사가 '느그 아부지, 뭐 하시노?' 하며 학생의 빰을 때리는 장면이 있다. 그렇게 괴팍하거나 위선적인 선생이 우리 학교에도 있었다. 동아리에서 후원자를 자처한 그 사람과 비슷하다는 느낌이 들었다.

그래도 그런 게 공부를 게을리할 핑곗거리가 될 순 없었는데 아무튼 내 반항기가 또 발동하기 시작했다. 교실 뒤쪽에서 노는 애들과 다시 어울려 돌아다녔다. 그러니, 대학 전기시험에서도 그때 표현으로 미역국을 먹은 건 당연했다.

후기 시험을 통했지만 어쨌든 1975년 봄, 나는 대학생이 되었다. 근데 한 마디로 표현하면 '날라리' 학생이었다. 숫자나 공식 같은 게 싫어서 문과를 택했는데 대학 가서 맞닥뜨린 경제 수학 강의는 머리에 쥐가 날 지경이었다. 게다가 의식도 개념도 없어 보이는 학생이었다. 당시는 긴급조치[3] 철폐 시위가 한창일 때다. 최루탄 맞고 눈물 흘린 적이 있긴 해도, 시위 현장에 있었던 기억이 별로 떠오르지 않는다.

어쩌다 도서관에 가면 책가방을 자리에 던져놓고 당구장으로 달려갔다. 아니면 친구들이 기다리는 막걸리 집으로 향했다. 젓가락 두드리며 〈정주고 내가 우네〉 같은 처량한 노래나 부르곤 했다. 미팅도 꽤 많이 했는데 야외 미팅 같은 걸 좋아했다. '집이 어디시죠?' 질문이나 주고받는, 따분한 다방 미팅은 일찌감치 접었기 때문이다.

미팅에서 만났던 여학생한테 바람맞은 날, 나는 취기에 힘입어 그녀 집으로 전화를 걸었다. 저기요…. 이러자마자 뚜뚜 소리가 났다. 이런 경험 있는 분들이 많으실 거다. 그때 나온 이장희의 〈그건 너〉는 동병상련의 노래다. 나만 이러는 게 아니구나, 위안을 주던 노래다.

> 전화를 걸려고 동전 바꿨네.
> 종일토록 번호판과 씨름했었네.
> 그러다가 당신이 받으면 끊었네.
> 웬일인지 바보처럼 울고 말았네.

---

3 긴급조치: 유신 헌법에 의거, 74년 1월부터 75년 5월까지 9회에 걸쳐 발령되었다. 긴급조치는 국민의 거의 모든 기본권을 정지해, 술집이나 택시에서 정권을 비판하다가 바로 끌려간 사람도 많았다.

나는 전화 걸기로는 도저히 안 되겠다 싶어서 편지 쓰기로 전환했다. 이 대목에서는, 당시 내 친구의 증언을 인용하는 게 좋겠다. 내가 나중에 기자로 있던 1990년 MBC 사보에, 그 친구가 내 대학 시절 에피소드를 기고한 글이다.

"어느 날, 같이 한잔할 요량으로 그의 집을 찾았다. 그가 소주를 사러 간 사이, 책 속에 꽂혀 있던 편지를 발견했다. 그때 그는 한 여학생을 좋아하고 있었는데 그녀에게 보내는 연서였다. 그 편지를 보면서 처음으로 그가 퍽 문학적인 걸 알았다.

난 지금도 그 여자가 어떻게 그런 근사한 연애편지를 읽고도 그를 따돌릴 수 있었는지 알 수 없다."

친구에게 이런 인상을 심어줄 정도로, 내용상으로는 연애편지 쓰기의 '달인'에 가까웠다(고 나는 생각했다). 하지만 여러 여대생에게 편지를 보낸 뒤 받은 답장은 세 통 정도로 기억한다. 그것도 두 통은, 이젠 편지 좀 그만 보내라는 절교 선언이었다. 나는 비싼 학비 내면서 공부는 안 하고, 그렇다고 데모를 제대로 한 것도 아니고, 게다가 연애도 잘 안 되는 청춘이었다.

어느새 나는 그렇게 휘청거리는 대학생이 되었다. 도대체 뭐가 되려고 이러나, 앞날이 참 갑갑해 보였다. 한때는, 고등학교 동아리에서 처음 접했던 록 오페라 〈지저스 크라이스트 슈퍼스타〉나 뮤지컬 〈남태평양〉 같은 게 떠올라서 참으로 허황한 꿈을 꾸기도 했다.

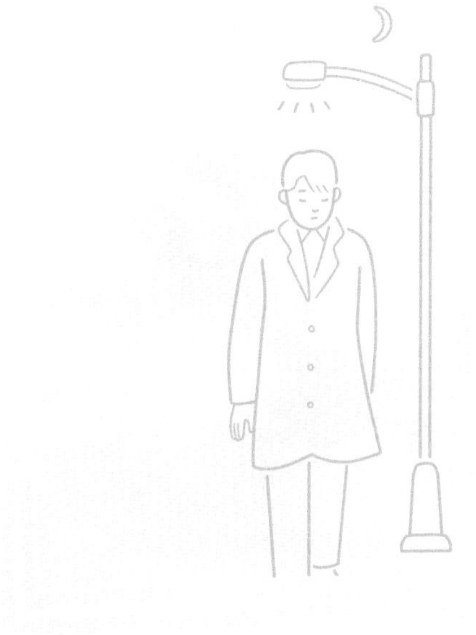

뉴욕으로 뮤지컬 유학을 갈까? 그런 턱도 없는 망상에 사로잡혔다가 바로 정신을 차렸다.

어떤 계기였을까. 나는 경제학과 과목 중에서 유독 '경제사'만을 좋아했다. 숫자 같은 게 안 나와서 더 그랬는지 모른다. 민중을 착취한 지배 구조와 경제적 불평등의 변천사. 그런 걸 공부하던 경제

사는 지금도 그렇지만 '좌익'의 딱지가 붙기 쉬운 기피 학문이었다. 선한 얼굴의 교수님이 격정적으로 강의하시는 모습이 퍽 인상적이었다. 나는 경제사 시험에서 전 학기, 전 과목을 통틀어 유일한 A+ 학점을 받았다.

그 무렵 하층민의 삶을 다룬 소설, 이를테면 윤흥길의《아홉 켤레의 구두로 남은 사내》, 조해일의《갈 수 없는 나라》를 탐독하기도 했다. 얼마 전, 책장 속에 묻혀있던《아홉 켤레의 구두로 남은 사내》를 꺼내봤는데 마지막 페이지, 빈 곳에 내 볼펜 글씨가 적혀있었다.

> 선천적으로 물려받은 부富를 믿고 기대는 사람보다는, 후천적인 성실함으로 열심히 사는 사람들이 보상받는 사회가 되어야 한다.
>
> – 1978년 4월 7일 금요일.

아주 짧은 독후감이다.

그때야 비로소 세상에 눈뜨기 시작했다고 봐야 하나. 그런데 꼭 그렇지만은 않다는 생각이 든다. 세상은 뭔가 잘못 돌아가고 있다는 느낌이 어린 시절부터 잠재돼 있었기 때문이다. 어려서 무슨 얘긴지 잘 몰랐던 〈예전에, 내가 젊었을 때Yesterday, when I was young〉가사가 이제야 가슴에 와 닿는다.

> 그때 나는 빨리 달리기만 했어.
> 청춘도 따라서 달아나 버렸지.
> 그래도 난 인생이란 도대체 뭔지,
> 생각하는 걸 멈추진 않았어.

휘청거린 청춘의 흐린 날, 맑은 날을 보내며 나는 계속 달려가고 있었다. 오늘의 내가 형성돼 가는 길이었다.

- Roy Clark 〈예전에, 내가 젊었을 때 Yesterday, when I was young〉
  https://youtu.be/Z95t57HyYTE
- 이장희 〈그건 너〉
  https://youtu.be/9t8M26W8s4Y
- 미국 민요 〈메기의 추억〉
  https://youtu.be/tkRQnK-jVn4

[Life in Music 2]

나에게
울림을 준
사람들

얼음공장 인부와 고 병장

저항의 정신을 일깨운 훈이 형

내 의식과 감성에 영향을 끼친 그들

그가 환생했으면 좋겠다

나를 닮아서 정말 미안해

인연因緣의 인因은 씨앗이고,
연緣은 햇빛과 물과 흙이라고 한다.
어쩌다 태어나고 어쩌다 만난 사람과
맺어지는 것이다.

사람은 이런저런 연을 맺은 이들과
영향을 서로 주고받으며 산다.
내게 울림을 준 그림자,
햇빛과 물과 흙이 되었던 사람이 있었다.
그중에, 특별한 공간과 시간에서 만난
그들의 영향은 강렬했다.

얼음공장 인부와 고 병장

첫 만남에서 군대 얘기를 하면 여자들은 바로 도망간다. 남자끼리 모인 술자리에서도 군대 얘기가 나오면 곧 파장할 때가 됐다는 걸 의미한다. 하지만 내 군대 이야기는 뻥이 가미된 무용담이 아니다. 그러니, 혹시 책장을 그만 덮으시려는 분이 있다면 그러지 않으셔도 될 거 같다.

나는 대학 3학년을 마친 78년 5월, 훈련소를 거쳐서 파주에 있는 1사단으로 갔다. 얘기의 본질과 상관없는지 몰라도 당시 사단장은 곧 악명을 떨치게 될 전두환 씨였다. 나는 최전방에서 GP 벙커 공사를 하던 작업 대대로 배속됐다. 사단 내에서 고생이 제일 많다는 부대. 아, 나는 군대 복도 되게 없구나.

나중엔 이런 생각도 했다. 군 생활을 하면서 했던 개고생이 그 사단장이란 자가 보안사령관으로, 대통령으로 고속 점프한 발판이 된 건 아닐까. 아무튼, 이상한 악연이다.

우리 소대원 대부분은 내가 입대하기 직전에 읽은 소설의 등장인물과 비슷하다. 하루하루를 힘들게 살던 사람들이다. 부둣가나 공사장 잡역부, 도축장에서 돼지를 잡던 일꾼, 변두리 나이트클럽 웨이터. 괜히 웃통을 벗고 문신을 슬쩍 보여주는 선임도 있었다. 그땐 그래 봐야 요즘처럼 섬뜩한 '용 문신'이 아니라 하트♡ 모양에 화살↙을 꽂고, 한자로 일심一心 같은 걸 새긴 귀여운 문양이었다.

삽질도 한번 해본 적 없던 나는 벙커 공사판의 고문관[4]이었다. 그러니 '구타 유발자'가 될 수밖에. "그래도 얘가 보기보다 맷집은 좋아." 선임들이 나한테 해준 유일한 칭찬이었다. 어쨌든 그렇게 여섯 달을 지내다 보니 공사판 일이 익숙해지고, 일병 계급장도 달았다.

어느 날, 중대본부에서 연락이 왔다. 사단 신병교육대 조교로 발령 났다는 거다.

"야, 너처럼 공부하다 온 놈이 고생하는 이런 데 오래 있을 거 같지 않더라고."

선임 병장은 조교 발령을 축하하면서 조촐한 작별 파티를 열어줬다. 어느새 소대원들과 정이 들었나 보다. 그들은 말투나 행동은 거칠었지만 작은 일에도 같이 기뻐하는 순박함이 있었다. 나랑 가까웠던 선임이 말했다.

---

4 고문관: 군대에서 버벅거리는 병사를 지칭하는 말. 미군정 시대에 파견 나온 미군 고문관들이 한국어를 못하고 어수룩하게 행동했던 데서 유래한다.

"그냥 가면 안 되지. 너 노래 잘하던데 노래 일발 장전!"

나는 김정호의 〈하얀 나비〉로 시작해 여러 곡을 내리 불렀다. 목이 좀 아팠지만, 혼자 편한 데로 간다는 미안함이 있었다.

사단 직할부대 중에서도 병사들이 제일 부러워하는 신병교육대는 내무반부터 달랐다. 낡은 판잣집에 살다가 맨션아파트로 이사 온 기분이었다. 대부분 대학 다니다가 온 조교들은 다들 행색이 말끔하고 얼굴에 기름기가 흘렀다. 개중엔 아주 이기적인, 뺀질뺀질한 치들도 있었다.

새로 들어온 조교에겐 일반 신병이 아니라, 방위병 훈련을 맡겼다. 훈련하기가 힘들어서 선임들이 피했기 때문이다. 내가 맡게 된 방위 훈련병을 보니, 바로 전에 있던 부대원보다 더 험한 일을 했거나 어두운 세계 출신도 있었다.

그들과 한창 씨름을 하던 어느 날. 그날따라 유난히 말을 듣지 않아서 세게 돌리던 참이었다. 선착순에다가 좌로 굴러, 우로 굴러, 얼차려를 하고 있는데 어떤 방위가 고통스러운 얼굴로 두 발을 잡은 채 꼼짝을 하지 않고 있었다.

이건 또 웬 꾀병인가 싶었다.

"야, 너 왜 그래?"

"제가, 동상이 심해서…."

"인마, 한여름에 무슨 동상이야?" 그러고 말았다.

그날 한밤중에 훈련병들이 잠든 내무반을 돌던 때다. 누군가 끙끙 앓으며 소리 죽여 우는 거 같았다. 동상에 걸렸다는 그 훈련병이었다. 아무래도 심상치 않다는 생각이 들어서 그를 의무실로 데려갔다. 나도 의무병도 깜짝 놀랐다. 두 발이 모두 시커멓고 한쪽 발은 썩어들어 가는 듯했다.

후송을 기다리면서, 그의 기막힌 사연을 들었던 기억이 생생하다. 어릴 때 아버지, 어머니가 잇따라 돌아가신 고아였다. 친척 집에 살면서 초등학교도 어렵게 다닌 그는 여러 공장을 전전하다가 파주의 얼음공장에서 일했다. 거기서 먹고 자며 지내다 보니 '만성 동상'에 걸렸다는 것이다.

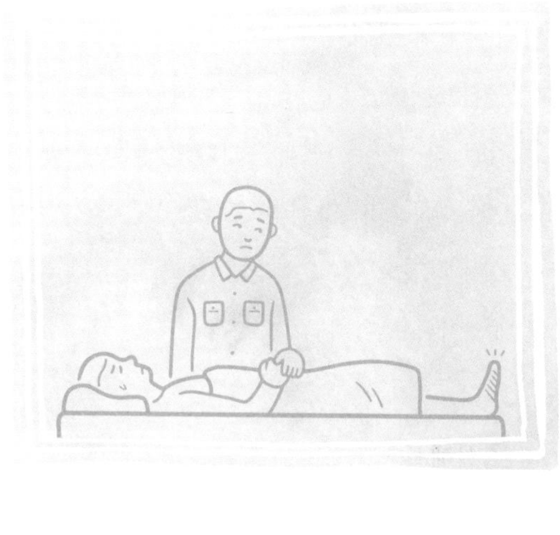

그렇게 된 지 오래됐지만, 얼음공장에서도 쫓겨날까 봐 참으며 지냈다고 했다. 그 지경이 될 때까지 참았다니. 내가 한여름에 웬 동상이냐고 타박했던 게 너무 미안했고 코끝이 아려왔다.

군 병원으로 후송된 얼음공장 인부는 동상 걸린 발을 절단할 정도는 아니라는 다행스러운 소식을 들었다.

그런 일들이 있긴 했어도, 어깨에 힘도 주고 다니며 편했던 조교 생활은 오래가지 못했다. 조직 개편으로 사단 신병교육대가 갑자기 해체돼 버린 것이다. 아니, 회사도 아니고 군대에 무슨 조직 개편이라니.

나는 군대 생활도 오르막 내리막이 심하구나, 한숨이 나왔다. 전출되어 간 연대 경비소대란 데는 처음 있던 작업부대만큼 거칠기가 만만치 않았다. 거기서 난 바로 윗선임이던 고 병장과 친하게 지냈다.

전남의 어느 시골 출신인 그는 무작정 상경한 복싱 선수, 전형적인 헝그리 복서였다. 콧잔등이 낮고 눈두덩이 부어 있던 거로 보면, 복싱 하면서 많이 얻어맞은 인파이터 같았다. 그래도 미들급 동양 챔피언에 도전한 적도 있다고 했는데 사실 여부야 뭐, 따질 계제는 아니었다.

어느 날 대구에서 나를 낳아준 어머니가 면회 오셨다. 아버지와 이혼하고 헤어진 뒤 17년 만에 처음 만난 날이다. 하지만 여러 가지 복잡한 감정이 뒤섞여서, 별로 말도 하지 않은 채 면회를 일찍 끝냈다.

나는 고 병장한테 이런 분이 면회를 오셨고, 거기 얽힌 사연 그리고 내가 좀 냉담한 반응을 보였다는 이야기를 했다. 그는 진한 전라도 사투리로 말했다.

"아따, 그래도 좋겄다. 니는 엄니가 두 분인디, 나는 아예 업승게. 술이나 한잔 찌끄리자."

둘이 소주를 마시면서 어머니를 일찍 여의고 서울로 올라와, 이 고생 저 고생 하다가 복싱을 하게 됐다는 고 병장 얘기. 그리고 그의 표현을 빌리자면 서울서 대학 다니다 온 놈치고는 우여곡절이 많은 내 얘기를 주고받다가, 둘 다 취했다.

어느덧 나는 제대를 한 달 앞두고 있었다. 그런데 얼마 전부터 고 병장이 내 눈을 피하는 거 같았다. 그전엔 다른 졸병들에 비해 나를 살살 때리던 몽둥이의 강도가 세졌다는 느낌을 받았다. 나는 그 이유를 짐작하고 있었다.

그는 나보다 석 달 선임이었는데, 내가 복무 기간 6개월이 단축되는 대학 교련 혜택을 받아 오히려 석 달 먼저 제대하게 된 거다. 그러니 고 병장의 심정을 충분히 이해했고, 많이 미안한 기분이었다.

제대하는 날 짐을 싸다가 관물대 구석에 있는 파카 볼펜을 보았다. 상자에 담겨있는 새것인데 고 병장이 몰래 놓아둔 게 틀림없었다. 그가 고향에 편지를 쓰려고 사 둔 거 같았다. 먼저 제대하는 내가 미웠을 텐데 선물을 하다니, 가슴이 찡했다. 나이가 들수록 '볼펜'을 몰래 올려 놓은 고병장의 마음을 더 깊이 헤아리게 되었다.

내무반장이던 그는 방문을 굳게 닫고 있었다. 나는 그냥 문을 두드리며 말했다.

"고 병장님, 고마워요. 저 이제 갑니다."

그래, 잘 가라. 한마디쯤은 할 줄 알았는데 그는 아무 말이 없었다.

얼음공장 인부와 고 병장. 그들은 책에서만 보았던 삶의 고난이 무엇인지를 내게 가르쳐 주었다. 40년이 지난 오늘, 어떻게 지내고 있을지 궁금하다. 그동안 세상을 지배한 흐름으로 보면, 안온한 삶을 누릴 것 같지는 않다.

70년대, 어두운 풍경을 노래했던 김민기의 〈강변에서〉가 떠오른다.

> 높다란 철교 위로,
> 호사한 기차가 지나가면
> 강물은 일고 일어나,
> 작은 나룻배 흔들린다.

그때와 지금 달라진 게 있는가. 오히려 물결은 높아졌고, 작은 나룻배의 흔들림도 심해졌다. 열심히 살아가면서도 얼굴에 그늘 있는 사람을 보게 되면, 나는 그의 과거를 읽으려고 한다. 오래된 이 습성은 아마도 군대에서 생겨난 게 아닐까, 생각해 본다.

- 김민기 〈강변에서〉
  https://youtu.be/tqWsy-o2g94
- 김정호 〈하얀 나비〉
  https://youtu.be/FlbtB9QsO7k

저항의 정신을 일깨운 훈이 형

"저기… 나 모르겠어?"

누군가 어깨를 슬쩍 치면서 조용히 말을 건넸다. 나는 당시 3년차 기자로, 스포츠뉴스를 만들고 있었다.

"아니, 형! 여기 웬일로…."

그는 대답 대신, 그의 가슴에 붙어있던 명찰을 가리켰다. 수습 기자 ○○훈

이건 또 무슨 인연인가. 고등학교 2년 선배, 같은 동아리에 다니며 친했던 그 형이 나보다 2년 아래 후배 기자로 들어오다니. 어쨌든 반가웠다. 수습을 마친 형은 더구나 내가 있던 스포츠취재부로 왔다. 상당히 삐딱한 수습 기자로 찍혔을 게 분명한 그가 정치부나 사회부로 발령 날 리는 만무했다. 형은 나랑 프로야구 담당 기자로 3년을 함께 했다.

전두환 시대, 방송사 기자들은 '땡전 뉴스'를 기계적으로 찍어내

거나 아니면 스포츠를 필두로 한 3S[5] 정책의 복무자로 지내야 했다. 우리는 싸하고 허한 기분을 달랠 뭔가가 필요했다. 그런 분위기에서 형이 존재감을 처음 드러낸 건, '짜장면 빨리 먹기' 챔피언에 도전하는 이벤트. 당시 보도본부 챔피언은 25초 기록을 갖고 있던 어떤 선배였다.

회사 앞 중국집에 구경꾼이 엄청 몰렸다. 챔피언과 도전자는 무슨 복싱 선수처럼 비장한 표정으로 서로를 노려봤다. 심판은 정해진 규정(면을 비비기 시작해서, 먹고, 입안에 아무것도 남지 않은 게 확인되기까지가 기록)을 설명했다. 그리고 초시계를 눌렀다. 결과는 형의 압승. 내가 기억하는 그의 기록은 13초다. 아무래도 씹지도 않고 삼킨 듯했다. 어쨌거나 그 후로 더는 짜장면 빨리 먹기 대회가 열리지 않았다.

그렇게 잠시라도 시름을 달래준, 형의 기행에 가까운 일화는 다 열거하기가 힘들다. 그래도 '사자성어 비틀기 개그'를 빼놓을 순 없다. 지금은 피식, 하고 마는 아재 개그 수준이겠지만 당시엔 빵, 터지게 하는 타율이 7할 정도는 됐다.

"내가 살신성인殺身成仁을 못 하는 바람에 '살찐 성인'(그때 형은 90kg이 넘었음)이 되고 말았어. 촌철살인寸鐵殺人이란, 시골村 철도鉄

---

5 3S 정책: 스포츠(Sports), 스크린(Screen:영화), 섹스(Sex)에 의한 우민화(愚民化). 3S로 대중의 정치적 무관심을 유도해, 지배자가 마음대로 대중의 의식을 조작할 수 있게 하는 정책을 말한다.

부근에서는 살인 사건이 많다는 뜻이지." 사실 그렇다. 영화「살인의 추억」에서도 그랬고 등등. 그런 개그를 듣다가 킬킬거리던 후배가 기사를 잘 못 쓰겠는지, 몇 글자 쓰다만 원고지를 계속 구겨 휴지통에 던졌다. 그러자 형의 애드리브가 나왔다.

"너는 일필휘지一筆揮之가 아니라, 일필휴지一筆休紙로구나. 한 글자 쓸 때마다 휴지가 되니."

어느 날인가는 형과 나, 내 친구 그렇게 셋이 중국집에서 탕수육을 시켰다. 근데 식탐이 많은 친구 녀석이 탕수육을 너무 빨리 축내 버렸다. 미간을 약간 찌푸리던 형은

"너는 참 박학다식하구나. 엷을 '박', 배울 '학', 배운 게 엷은 자가 '다식', 먹기는 엄청 먹는다 해서 박학다식薄學多食."

박학다식博學多識을 그렇게 비틀다니. 기분 나쁠 수도 있는 내 친구와 나 그리고 형은 동시에 깔깔깔, 박장대소를 했다.

그는 그렇게 재미난 행동과 번뜩이는 재치로, 지친 내 젊은 날에 활기를 불어넣은 형이자 동료이자 친구였다. 처음 본 청소년 시절과 다시 만난 청년기, 그리고 그 후로도 그는 나한테 알게 모르게 영향을 끼쳤다. 사회 현상을 보는 눈, 문화적 감수성과 지적 호기심 자극하기, 유머의 감각까지. 한 번도 그런 적이 없으나 나는 이제, 그의 이름 끝 자를 따서 '훈이 형'이라 부르고 싶다. 그러면 형은 이럴지 모른다. 내가 까칠해 보여도, 알고 보면 '훈훈한' 남자야.

우리는 다르면서 비슷하고, 비슷하면서 달랐다. 다른 점은 무엇보다 사자성어 비틀기에서 드러나듯 가공할 천재성이다. 훈이 형의 '공식' 아이큐는 149. 고1 때 담임선생한테 들었다. 고3 중에 천재가 있다고. 아마 학교의 그 기록은 형의 짜장면 빨리 먹기처럼 깨지지 않았을 거다. 근데, 당시 아이큐 테스트의 최대 게이지가 149였으니 한도가 없었다면 더 높은 수치가 나왔을 게 분명하다.

그에겐 서울대학교에 두 번 입학한 이력이 있다. 73학번이자 80학번, 이과와 문과를 섭렵했다. 당시만 해도 희한했던 그의 이야기는 어느 일간지 사회면에 실렸다.

둘 다 음악을 좋아하는 공통점이 있지만, 형은 차원이 다르다. 팝송뿐 아니라 샹송, 칸초네, 클래식에 이르기까지 도무지 끝을 알 수 없다. 팝송은 한두 번만 들어도 가사를 줄줄 외어버린다. '진짜 박학다식'이라 할 수 있는 지식의 범위, 어휘력과 어학 능력도 놀랍지만 길어지니까 생략하자.

비슷한 점은 어릴 때 성장 환경이다. 훈이 형도 나처럼 부모의 이혼을 겪은 아픔이 있다. 어느 날, 미국에 사시던 친어머니가 잠시 귀국해 만나러 간 적이 있었다. 만나고 돌아온 형의 어둡지도 밝지도 않던 묘한 표정이 기억난다.

세상을 보는 시각은 비슷하지만 그걸 드러내는 방식에는 차이가 있었다. 글을 쓰고 콘텐츠를 만들 때 내가 감성적인 접근을 통해 메시지를 전했다면, 형은 감성보다는 정연한 논리로 파고들면서 신랄한 독설도 서슴지 않았다. 그러다가 나는 '센티멘털'에 빠지고, 형은 '시니컬'을 드러냈다. 훈이 형은 위선과 모순투성이 세상에 대한 격정과 분노를 거침없이 토해냈다. 그를 처음 만난 고등학생 때, 내게 강한 인상을 심어준 건 바로 그 저항적인 기질이었다.

그래서 그런지 그가 걸어온 길은 순탄치 않았다. 함께 술 마시며 음악을 들을 때면, 형도 어쩌지 못하는 센티멘털과 허무를 풍기곤 했다. 내가 취중에 본 그의 눈에는 분노보다는 고독이 서려 있었다.

퇴직한 지가 벌써 6년 된 훈이 형은 요즘 페이스북에서 '진짜 촌

철살인'으로 세상사를 짚어내고 있다. 칼날이 무뎌지지 않은 건 늙지 않았다는 징표라서 글을 볼 때마다 기분이 좋아진다. 더 깊어진 통찰을 보는 건, 덤으로 얻는 기쁨이다. 이젠 타율이 1할도 안 될 거 같은 사자성어 개그에 뭔가 새로운 버전이 나왔는지 궁금하다.

그 옛날, 형과 이중창을 했던 사이먼 앤 가펑클의 〈침묵의 소리 Sound of silence〉가 생각난다. 유난히 이 대목이 와 닿는 밤이다.

불안한 꿈속에서 나는 혼자 걸었어.

In restless dreams I walked alone.

자갈이 깔린 좁은 길을.

Narrow streets of cobble stone.

▶ Simon & Garfunkel 〈침묵의 소리 Sound of silence〉
https://youtu.be/bGLHadex0B0

내 의식과 감성에 영향을 끼친 그들

설문조사를 받을 때, 거꾸로 묻고 싶은 항목이 있었다. '존경하는 인물이 누구냐고요? 그런 건 알아서 뭐 하시게요.' 내가 까칠해서만은 아니고 이유가 있다. 거의 누구나 써낼 것 같은 세종대왕이나 이순신 장군은 피하고 싶었다. 마음에 품고 있던 인물의 이름을 쓰자니 사상적으로 나를 불온한 사람으로 보는 게 불편해서 그랬다.

내 의식 세계와 감성에 영향을 끼친 사람들. 그래서 좋아하고 존경하게 된 인물의 공통점이 있다. 비극적으로 생을 마감했다는 건데 설문조사 때 먼저 올리고 싶던 이름, 체 게바라. 서른아홉에 세상을 떠난 그가 대표적이다.

내게 각인된 그는 '공산주의 혁명가'가 아니다. 인간은 누구나 평등하고 행복할 권리가 있다는 걸 철저하게 신봉한, 사람을 너무나 좋아한 휴머니스트였다. 그는 머리 위로 탄환이 날아다니는 전장에서도 시를 쓰던 낭만주의자다.

몽양 여운형. 내 눈으로는 균형 잡힌 사상에, 인간적 매력도 풍부했던 그는 극우파 암살자가 쏜 총탄에 쓰러졌다. 당시에 몽양은 남과 북의 양쪽 정권에서 모두 배척하던 인물이다. 그래서 내가 그를 더 좋아하게 됐는지 모른다.

잘 알려지지 않은 인물이 있다. 《역사 앞에서-한 사학자의 6.25 일기》의 저자, 김성칠 선생이다. 그는 일찍이 고등학교 시절, 일제에 저항하다가 옥살이를 했다. 전쟁이 났을 때, 서울대 사학과 교수였던 그는 좌우, 양극단에서 저지른 참극을 일기에 생생히 담았다.

'서울을 사수하고 있으니 그대로 있으라.' 이미 대전으로 피신 중이던 이승만 정부의 말을 믿은 그는 인민군 치하에서 큰 고초를 겪었다. 수복 뒤에는 '왜 피난 가지 않았냐?'며 또 다른 완장들이 저지른 부역자 사냥의 끔찍한 현장을 목도했다.

그의 일기는 비극적 현대사의 복판에서, 한 양심적 지식인이 쓴 고뇌의 기록이다. 얼마 뒤에 그는 '정체 모를 괴한'의 총탄을 맞고 숨졌다. 서른여덟 살이었다. 가짜 보수들이 판치는 오늘, 나는 김성칠 선생이야말로 참된 보수의 표상이라는 생각이다.

내가 좋아하는 그러나 일찍 떠난 배우와 가수를 보자.

배우 중에서 멀리 보면 「이유 없는 반항」의 제임스 딘이 있다. 남자가 보기에도 눈빛이 매혹적인 그는 스물네 살에 세상을 떠나버렸다. 「브로크백 마운틴」의 히스 레저는 약물 과다복용으로, 영화의 비극적 엔딩처럼 떠났다. 「죽은 시인의 사회」가 인상적이던 로빈 윌리엄스의 죽음도 그랬다.

가수 중에는, 뉴욕 맨해튼에서 어이없게 총을 맞고 쓰러진 존 레넌이 있다. 마흔 살이었다. 〈마더Mother〉라는 노래의 사연을 보다가 성장기에 겪은 일이 비슷해서 끌렸던 가수다. 노래와 춤의 신, 마이클 잭슨의 죽음도 충격이었다.

그리고 휘트니 휴스턴이 있다. 그는 〈내 삶의 한 순간One moment in time〉이란 좋은 노래를 젊은이들에게 남겼다. 청년들의 꿈을 응원하고 삶의 용기를 찬미하던 그 노래를 부르면서 자신은 마약의 늪에서 헤어나지 못했다. 결국, 자살에 가까운 죽음의 길로 치달았다. 인생의 슬픈 아이러니로 봐야 할까.

국내에선 처음으로 가슴을 파고들던 〈누가 울어〉의 배 호, 한 서린 목소리로 〈이름 모를 소녀〉를 부른 김정호가 서른 즈음에 요절했다. 〈사랑하기 때문에〉를 노래한 유재하는 스물다섯 살에 세상을 떠났다. 그리고 5년 전 마흔여섯에 세상을 뜬 신해철이 있다.

신해철과 체 게바라. 맑은 성정과 감성, 격정적인 기질, 불굴의 용기, 추구했던 세상이 같아 보이는 이 두 사람에 대해서는 조금 더 얘기하고 싶다.

내가 체 게바라를 처음 만난 건, 85년 런던에 출장 갔을 때다. 9년째

장기흥행 중이던 뮤지컬, 〈아르헨티나여, 날 위해 울지 말아요Don't cry for me, Argentina〉로 유명한 「에비타」를 봤다. 그때 나는 에비타의 상대역 '체'가 게바라인지는 알았지만, 솔직히 그를 잘 몰랐다. 혁명가의 한 사람으로만 알았다. 5공 치하, 그 이름이 '금기'였던 탓도 있긴 하다. 당시 유럽에서는 이미 게바라가 이념을 넘어 매력의 아이콘이었다.

'체'는 보사노바 리듬의 〈쇼하고 있네Oh, what a circus〉라는 노래에서 에비타(에바 페론)의 위선과 허영을 조롱하고 있었다. 「에비타」 관람은 내가 게바라를 제대로 보게 된 계기가 되었다. 하지만 나는 한동안 체를 잊고 지냈다. 다시 그를 보고 싶은 생각이 든 건 94년, 「시사매거진 2580」 프로그램을 제작할 때다. 달동네 사람들의 삶을 들여다보고, 고엽제 피해자를 통해 베트남 전쟁을 다시 생각하는 중이었다. 많은 금기가 풀려서 게바라 평전들과 번역판 만화도 볼 수 있었다.

유복했던 집안 환경. 의대생일 때 남미를 일주하면서 목격한 민중들의 참상. 그걸 보면서 굳히게 된 신념. 쿠바 해안에 상륙해 2년 넘게 이끌었던 전설적인 전투.

내 마음을 더 사로잡은 건 프로퍼갠더[6]를 넘어, 사람의 감성을 깊

---

6 프로퍼갠더; 선전(宣伝,: propaganda)은 일정한 의도를 갖고 세론을 조작하여 사람들의 판단이나 행동을 특정의 방향으로 이끌어 가는 것.

게 파고든 커뮤니케이션 능력이었다. 감성이 담긴 게바라의 말과 글은 무기보다 큰 힘을 발휘했다. 전투에 동행했던 서방 언론사 기자들은 '용맹한 전사'로만 알았던 그가 섬세한 문학적 감성을 지닌 면모에 감탄했다. 게바라의 글이 실린 전단을 보고, 울면서 투항한 정부군이 많았다는 일화도 인상적이었다.

쿠바 혁명에 성공한 뒤에 했던 라디오 인터뷰는 그의 성정을 엿볼 수 있게 한다. 어릴 때부터 숨을 거둘 때까지 그를 괴롭힌 '천식'에 대한 얘기다.

"나와 29년간 함께 해온 오랜 동지가 가끔 돌변해 관계가 틀어지기도 했지만, 요즘은 아주 좋은 관계를 유지하고 있어요."

전투에서 그 숱한 죽음의 고비를 넘겼으면 편히 쉴 만도 했건만, 그는 또 고난의 여정에 뛰어들었다. 그리고 1967년 10월 볼리비아. 게바라는 다가오는 죽음을 예감하는 말을 남겼다. 2012년에 발굴된 육성 녹음테이프에 들어있다. 전사가 아니라 사람을 사랑한 시인으로서, 그가 세상에 남긴 마지막 시라고 할 수 있다.

죽음의 사자여. 인생은 고난의 연속이네, 아마도.
시련을 이겨내겠다는 각오로 가득했던
내 맹렬한 얼굴에 깊은 골이 파여 있네.
이 핏빛 바람은 오븐에서 구워지는 한 조각의 빵과 같아 조금씩 끓어오르는 소리를 내고 있네.

인생은 고난의 연속이네. 끔찍한 고난의….

숨을 거두는 순간, 그리고 그 후로도 오래, 두 눈을 부릅뜨고 있던 얼굴이 선명하다. 사르트르의 말처럼 '우리 시대의 가장 완벽한 인간'은 그렇게 떠났다. 그러나 그의 영혼은 검은 베레모를 쓴 그 유

명한 사진 속에서 세계인들을 지켜보고 있다. 게바라의 크고 맑은 눈은 지금 어디를, 무엇을 향하고 있을까?

- Whitney Houston 〈내 삶의 한 순간 One moment in time〉
  https://youtu.be/lVYViiFlsCI
- Elaine Paige 〈아르헨티나여, 날 위해 울지 말아요 Don't cry for me, Argentina〉
  https://youtu.be/ntRnEKnrbYU
- David Essex 〈쇼하고 있네 Oh, what a circus〉
  https://youtu.be/MdZlikjxn00
- 배호 〈누가 울어〉
  https://youtu.be/MOr1dY1iQ50
- 김성호 〈이름 모를 소녀〉
  https://youtu.be/6G61EYoTlXQ
- 유재하 〈사랑하기 때문에〉
  https://youtu.be/1BnCLW7MVYI

그가 환생했으면 좋겠다

어떤 계기가 있었는지는 모르겠다. 내가 좋아하거나 존경하는 인물은 이런 사람들이라고, 페이스북에 올린 적이 있다. 비극적으로 세상을 떠난 공통점이 있다는 얘기도 했다. 그랬더니 앞에서 얘기했던 '훈이 형'이 댓글을 달았다.

"나는 비극적으로 아직 살아있어."

비극적으로 살아있다? 뻔한 일상을 보내는 60대 백수들에겐 공감이 가는 말이다. 형의 개그는 아직 살아있다.

이런 댓글도 있었다. 그들이 비극적으로 떠났기 때문에, 더 좋아하는 거 아니냐고 물었다. 그럴지도 모른다고 답했다. 더 오래 살았으면 좋았을 거라는 안타까움이 있었다. 그래서 내 마음을 더 끌어당긴 사람들, 맞다. 2014년 10월 27일, 의료사고로 갑자기 가버린 신해철이 그렇다.

예순 지나서, 좋아하는 걸 넘어 존경하는 사람이 새로 생겼다는 게 이상한가. 누군가 이렇게 또 물을지 모른다. 나이를 따지는 건 그렇지만, 열한 살 젊은 사람이 '당신의 존경하는 인물'이 된 이유가 뭐냐고. 그걸 지금 얘기하려고 한다.

나는 사실, 신해철을 잘은 몰랐다. 〈그대에게〉로 대학가요제 대상을 받을 때 어린 애처럼 좋아하던 귀여운 청년, 기성곡과는 뭔가 다른 노래를 불렀던 뮤지션, 방송에 나와서 입바른 소리를 잘하던 소셜테이너[7].

그렇게 피상적으로만 알았다. 그러다가, 그가 떠난 지 4년이 지나서야 제대로 신해철을 만났다. 불발에 그쳤지만, 그의 5주기 다큐멘터리를 구상하면서 그를 느끼고, 그에게 빠졌다. 나는 먼저 그의 노랫말을 찬찬히 음미했다. 그리고 방송에 나와서 했던 말과 글도 들여다보았다.

《마왕, 신해철》이라는, 그가 틈틈이 쓴 글을 모은 유고집이 있다. 내가 속으로 삭이던 분노와 격정을 그는 그대로 다 뿜어냈다. 자신에 관한 모든 걸 까발리는 그의 솔직함에 입이 벌어졌다. 부인이 보면 민망할 거 같은 이야기도 있다. 예를 들면 그의 '첫 경험'도 들어 있는데 풋, 웃음이 나왔다. 이런 게 신해철의 매력이다.

---

7 소셜테이너(socialtainer); 사회를 뜻하는 소사이어티(society)와 연예인을 가리키는 엔터테이너(entertainer)를 합쳐 만든 신조어. 사회 이슈에 적극적으로 자신의 의견을 밝히거나 직접 참여하는 연예인을 말한다.

내가 어린 시절의 반항기를 기껏 무작정 달리기로 풀었다면, 그는 한참 윗길이었다. 일찍이 골목 대장을 하고, 중학교 땐 부모 몰래 용돈을 버는 아르바이트를 했다. 그리고 학교 친구들과 밴드를 만들었다. 그 책에 이런 대목이 있다.

"내게 중요한 문제는, 어차피 죽을 거라면, 죽음의 그 순간까지 무엇을 하면서 시간을 보내야 가장 덜 지루할까 하는 것이었다. 그래서 결국 할 일은 음악밖에 없었다."

신해철은 잠시도 굴레를 쓰는 걸 참지 못했다. 자신뿐 아니라 다른 청년들이 쓰고 있는 굴레도 참지 않았다. 영혼을 팔아버린 세상, 뒤에서 누군가를 모함하고 키득거리는 세상을 향해 그는 돈키호테처럼 돌격했다. 언젠가 괴상한 복장을 하고 방송토론장에 나타났다. '그래, 나 이상한 놈이다. 어쩔래.' 그런 표정이었다.

> 좁고 좁은 문으로 들어가는 길은
> 나를 깎고 잘라서 스스로 작아지는 것뿐
> 나 언젠가 심장이 터질 때까지,
> 흐느껴 울고 웃다가 긴 여행을 끝내리, 미련 없이.

〈민물장어의 꿈〉은 그가 남긴 곡들 가운데 가장 비장해 보인다. 이 대목은 왠지 볼리비아 전쟁터로 가던 게바라의 심정과 비슷할 거란 느낌이 든다. 신해철은 유고집에서 게바라를 '나의 유일한 히어로'라고 했다.

그의 여린 성정을 잘 드러낸 노래는 〈날아라. 병아리〉. 나도 비슷한 경험이 있지만 이런 가사를 쓸 수 있는 감성이 놀랍다. 94년에 만든 곡인데 마치 20년 뒤, 신해철의 죽음을 예고하는 듯하다.

육교 위 네모난 상자 속에서 처음 만난 노란 병아리 얄리는 처음처럼 다시 조그만 상자 속으로 들어가 우리 집 앞뜰에 묻혔다. 나는 어린 내 눈에 처음 죽음을 보았던 1974년의 봄을, 아직 기억한다.

사랑 노래마저 그는 달랐다. 〈내 마음 깊은 곳의 너〉에서 확 다가온 소절이 있다.

너에게, 내 불안한 미래를 함께하자, 말하긴 미안했기에.

33년 전, 내가 아내에게 청혼하기 직전의 심정 그대로다. 지금도 그 불안한 미래를 함께하고 있어 미안할 뿐이다.

쓰다가 만 다큐멘터리 구성안이다.

- 생전에 형, 동생 하면서 절친했던 작가 허지웅. 그는 악성림프종으로 힘든 투병을 하고 있다. 해철 형에 대한 그리움이 더 깊어졌다.
- 형의 부모님을 뵈러 가는 길에 음악이 깔린다. 내레이션 형식의 〈아버지와 나〉. 신해철이 어른 된 뒤에야, 아버지를 생각해 봤다는 고백이다.

이제, 아버지 당신이 자유롭지 못했던 이유가 바로 나였음을 알 것 같다.
나는 오늘 밤 몇 년 만에, 골목을 따라 당신을 마중 나갈 것이다. 할 말은, 길어진 그림자 뒤로 묻어둔 채 우리 두 사람은 세월 속으로 같이 걸어갈 것이다.

신해철의 아버지는 아들이 먼저 떠나버린 뒤 치매를 앓고 있다. '세월 속으로 같이 걸어갔으면' 했던 아들을 잘 기억하고 있을지 궁금했다.

신해철이 떠나고 오래 지난 뒤에도 그를 그리는 헌사는 이어지고 있다. 그의 노래를 날마다 듣는다는 청년들의 댓글을 보자.

"노래가 가슴에 박힌다. 내게는 소크라테스보다 위대한 철학자다."

"혼자 밥 먹고 있는데 눈물이 난다, 미친놈처럼. 보고 싶습니다, 형님."

"환생해 주세요. 제발 부탁입니다."

환생? 그래, 신해철. 그대가 다시 살아났으면 좋겠다. 좁은 문으로 들어가려고 나를 스스로 깎아내야 하는 세상. 사람들과의 관계가 두렵고, 내가 누군지 알 수 없는 일상. 지친 하루를 보내고 혼자 밥을 먹다가 그대 노래에 왈칵, 눈물을 쏟는 청년들. 그들을 위해 오늘 신해철의 환생이 필요하다. TV에 나와 모든 위선자를 향해서 시원하게 한 방 먹이고, 심야의 라디오에서는 상처 입은 영혼들을 어루만져주면 좋겠다.

신해철은 노래로, 사람을 향한 사랑으로, 삶에 지친 나를 흔들어 깨운다. 내 마음 깊은 곳에도 그가 다시 살아나고 있음을 느낀다. 글을 쓰는 동안, 식구들의 자잘한 웃음소리와 저녁 만드는 소리가 들린다. 이 소소한 평화가 아주 소중하다는 걸 깨닫게 한다.

- 무한궤도 〈그대에게〉
  https://youtu.be/bIEpNx38JuQ
- 신해철 〈민물장어의 꿈〉
  https://youtu.be/pXSNAF6j8aw
- N.EX.T 〈날아라, 병아리〉
  https://youtu.be/-X41UVzR1qI
- 신해철 〈내 마음 깊은 곳의 너〉
  https://youtu.be/mUPPy8HquhQ
- 신해철 〈아버지와 나〉
  https://youtu.be/KcTmbjGXAd8

나를 닮아서 정말 미안해

어느 집 부부나 그러지 않을까. 아이들한테서 좀 별난 성격이나 습성이 보일 때면, '누굴 닮아 저러지?' 하는 것. 우리 집도 마찬가지다. 여리고 수줍음을 잘 타는 아이들은 해야 할 말을 밖에서 다 못 하고 집에 와서야 털어놓는다. 그럴 때 아내는 나를 쓱 쳐다본다. 무슨 뜻인지 안다. '그래도 난 한방이 있어. 그렇게 여리지 않다고.' 나는 속으로만 그러지, 아무 말도 하지 못한다.

〈스틸 파이팅 잇Still fighting it〉이란 노래가 있다. 가수 벤 폴즈가 자기 아들을 보면서 만들었다. '힘겨운 세상, 계속 싸워나가야 해.' 전체 맥락으로 보면 그렇게 해석할 수 있다. 밴드 오디션 프로그램에서 이 노랠 듣다가 나와 아내는 눈물을 주르륵 흘렸다. 음악 프로를 보다가 눈물이 난 건 처음이다. 노래에 나온 아들이 우리에겐 딸로 들렸다.

아들아, 해 줄 말이 있어.

세월이 흘러도, 세상은 고난의 연속일 거야.

그래도 우린 계속 싸워나갈 수밖에 없단다.

그리고, 눈물샘을 자극하는 대목이 나온다.

너는 참, 나를 많이도 닮았구나.

You're so much like me.

그래서. 미안해.

...I'm sorry.

베이스 기타를 치던 청년이 고개를 뒤로 돌렸다. 아버지가 하루에 주사를 일곱 번이나 맞으며 투병 중이라는 그는 연주하면서 울고 있었다. 노래가 끝나고 마이크를 잡은 심사위원 윤종신은 목이 메는지, 한참 만에 심사평을 했다.

"제 인생관은 이렇습니다. 세상을 살아가는 건 기본적으로 불행한데 조금이라도 덜 불행하려고 애쓰는 거죠."

그는 '나를 닮아 미안해' 대목에서 울컥 올라왔다고 했다. 아들이 자신의 여린 감성을 닮아 험난한 세상을 잘 헤쳐나갈지, 하는 걱정. 그래서 감정이입이 됐다는 거다. 우리 부부도 그랬다. '나를 닮아 미안해' 소절이 계속 귓전을 맴돌았다.

오랜만에 가족 앨범을 꺼냈다가 아이들의 어릴 때 사진을 보았다. 99년 7월 16일 날짜가 찍혀있었다. 그늘 없이 맑은 얼굴과 환한 미소. 그때 아이들은 그 후 20년간 펼쳐질 삶의 행로가 험하고 고통스럽다는 걸 예감이나 했을까.

작은딸은 어릴 때 엄마를 닮아 명랑했다. 아빠를 닮아 노래도 잘 불렀다. 여섯 살 때 즉흥적으로 노래를 지어서 흥얼거리곤 했다. 그런데 초등학교에 가자마자 신경질적인 담임을 만나면서 '선생님에 대한 환상'이 금방 깨졌다. 그 교사한테 억울한 오해를 받아 심한 야단을 맞은 뒤 아이의 얼굴이 어두워졌다. 성정이 여려서 그런지 충격이 컸나 보다. 그때 입은 상처는 오랫동안 따라다녔고, 선생님에 대한 두려움과 불신이 생긴 거 같다.

특파원이던 아빠를 따라 미국에 갔을 때는 얼굴이 좀 밝아졌다. 하지만 3년 만에 돌아온 학교에서 드센 애들한테 괴롭힘을 당했다. 그 애들은 미국 살다 와서 그렇게 잘났냐는 비아냥거림에 언어폭력도 가했다. 학교에 가는 아침마다 아이의 어둡던 표정이 기억난다. 중학생 때라면 친구와 한창 수다를 떨면서 좋은 추억을 만들 나이다. 함께할 친구가 없던 작은 딸에게는 그때가 외롭고 우울한 시절로 남아있다.

아이는 노래를 듣고 부르는 걸 위안으로 삼았다. 그러다가 뮤지컬 배우나 가수를 꿈꾸며 연극영화과에 들어갔다. 가능성을 인정 받기도 했지만 당찬 기질이 없으면 뚫고 나가기 어려운 길이었다. 무엇보다 누구한테 또 상처를 받지 않을까 하는 강박감이 길을 막았다. 꿈을 일단 접고 다른 일을 하게 됐을 때도 사람과의 관계를 힘들어했다.

어릴 때부터 좋은 선생님도, 의지할 친구도 없었던 게 관계에 대한 두려움을 키우지 않았을까.

큰딸은 방랑자 기질이 있는지, 한 가지 일에 쉽게 만족하지 못한다. 원래 영화감독 되는 게 꿈이었다. 어린 날, 아빠랑 영화를 많이 봤던 영향을 받은 거 같다. 근데 감독 밑에서 연출부 생활을 해보고는 장난이 아니란 걸 금방 깨달았다. 여릿한 성격으론 감당하기 힘든 일이다. 연출 대신, 해외 판매 업무로 미련을 달랬다.

그러다가 영화사 일을 그만두고 스웨덴으로 떠났다. 호텔 식당에서 접시 나르는 일로 워킹 홀리데이를 보내면서, 디자인 공부를 하고 단편영화도 만들었다. 2년 만에 돌아와서도 방랑은 그치지 않았다. 그래도 요즘, 이상과 현실 사이의 거리를 좁히려는 기미가 엿보인다. 그 애는 '하고 싶은 일'과 '잘 할 수 있는 일'이 만나는 지점을 찾아가는 듯하다.

활짝 웃던 아이들의 어릴 적 사진을 같이 보다가, 그냥 물어봤다.

"너희들, 이때로 돌아가고 싶니?"

큰 애가 정색을 했다.

"아뇨. 절대로 그러고 싶지 않아요!"

무슨 뜻인지 바로 알았다. 작은 애도 고개를 끄덕이며 공감을 표했다. 그 지긋지긋하고 고통스러운 20년을 또 보내야 한다고요? 그런 표정이었다. 입시와 취업, 관계 맺기의 어려움, 정체성의 상실,

행복 찾기에 대한 자신 없음. 그런 생각들이 한꺼번에 밀려온 듯했다. 넘고 넘어야 했던 험한 고개. 나를 닮은 딸들에겐 더 가파른 길이었을 거다. 그런데도 나는 아이들의 손을 꼭 잡아주고 있었던가.

「아버지와 딸Father and daughter」이라는 애니메이션이 있다. 2000년 아카데미상을 비롯해 국제 영화상을 휩쓴 네덜란드 작품이다. 9분짜리 단편인데도 감동이 길게 남았다. 왈츠 곡 〈다뉴브강의 잔물결〉이 흐르고, 아빠와 어린 딸이 자전거를 타고 가는 장면으로 시작된다. 아빠는 강가에서 딸을 껴안고 이별의 입맞춤을 한다. 나룻배에 올라, 강 건너 멀리 떠난 아빠는 오래 지나도 돌아오지 않았다.

거센 바람이 불고 자전거 탄 소녀의 가는 길이 험했다. 세월이 흘러 어느새 중년이 되고 할머니가 되었지만, 날마다 찾아간 강가에 아버지는 보이지 않았다. 딸은 아버지를 찾아 물속으로 들어간다. 환상인지 저세상인지, 버려진 나룻배가 보였다. 배 안에 들어가 잠든 딸은 꿈속에서 아버지를 만나 뜨거운 포옹을 한다.

하염없이 기다려도 아버지는 오지 않고 기러기만 날던 강가. 그 허허로운 강가는 내가 관심을 주지 못했던 두 딸의 허전함을 은유하는 듯했다. 휑한 마음을 달래주고 용기를 심어줬으면 하던 때 아빠는 어디 있었나, 뒤늦은 성찰을 했다.

닮는 건 유전적 인자만이 아니다. 같이 살면서 보인 내 습성과 생각도 닮아갔을 거다. 별로 활동적이지 않은 모습도 그렇고, 세상에 대한 비판적 시선도 그렇다. 밖에서 사람들과 부딪히면서 쌓인 것들을 안고 들어와 한탄과 분노를 드러내기도 했다. 그런 것들이 활달하고 밝은 아이로 성장하는 데, 나쁜 영향을 주지 않았을까.

다시 〈스틸 파이팅 잇Still fighting it〉 노래로 돌아가 보자. 아빠는 아들에게 또 말한다.

> 20년이 지나 너와 맥주를 한잔하게 되면 말하겠지.
> 궂은 날도 맑은 날도 있었지만, 지나간 세월은 고통이었다고.
> 그래도 우린 계속 싸워나가야 해.

그리고 여운이 남는 대목이 나온다.

> 그러면 너는 어느 날,
> 내게서 멀리 날아가 있게 될 거야.
> And one day,
> you'll fly away from me.

나는 이제 두 딸에게 말한다.

"얘들아. 너희도 언젠가 우리 곁을 떠나, 너희들만의 날개로 날아가겠지.

맑고 푸른 하늘만 지날 수 없다는 걸, 이미 알고 있잖니.

갑자기 몰아치는 비바람과 천둥 번개를 만날지도 몰라.

엄마 아빠는 눈을 감는 날까지 간절히 바랄 거야. 너희가 잘 날아갈 수 있기를.

얘들아. 나를 닮아서… 정말 미안해."

- Ben Folds 〈스틸 파이팅 잇 Still fighting it〉
  https://youtu.be/kqPwR39VMh0
- 애니메이션 〈아버지와 딸 Father and daughter〉
  https://youtu.be/CvA4Gn5OudI

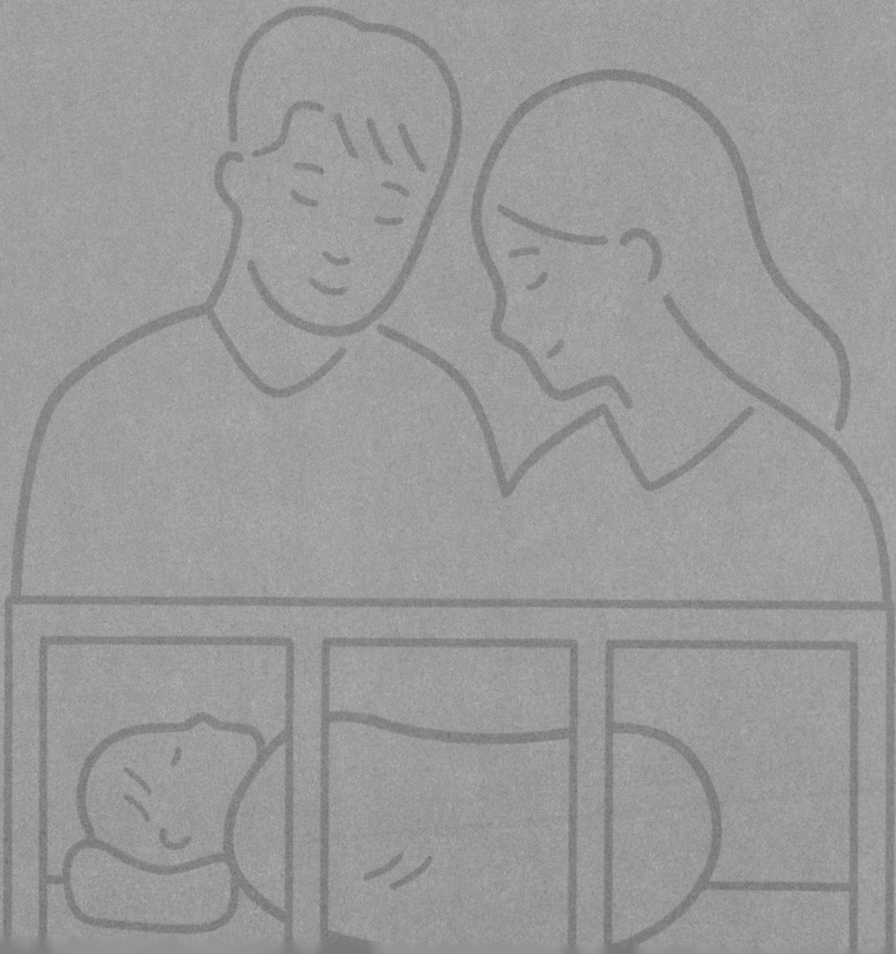

[Life in Music 3]

굴레, 생존 그리고 삶의 참모습

유리벽에 갇혀있던 날

그날, 나는 왜 거기 있었나?

심야의 만주 열차, 죽음의 문턱에서

화창한 날에 쏟아진 폭우

사람은 누구나 갖가지 굴레 속에서 산다.
인생은 어찌 보면 굴레를 쓰고 벗는 과정의 연속이다.
굴레는 자존自尊을 앗아간다.
80년대는 압제의 굴레를 쓰고 살던 암흑기다.
나는 이때 직장을 얻고, 결혼하고, 아이를 가졌다.
그 중요한 시기에 굴레를 벗기 위한 싸움을 벌여야 했다.

생존, 서바이벌survival은
생과 사의 위기를 넘은 '살아남음'이다.
나는 죽을 뻔했던 위기를 몇 번 넘겼다.
그 아찔했던 순간을 돌이켜보면 비로소
오늘 살아있음을 감사히 여기고
겸허하게 삶의 참모습을 본다.

유리벽에 갇혀있던 날

5공 청문회가 열린 88년 국회, "살인마 전두환!"이란 딱 두 마디 부르짖음이 장내를 뒤집어놓았다. 단상으로 뛰어들며 질렀던 이철용 의원의 그 장면은 지금도 짜릿하다. 단상에 있던 자는 그러나 미동도 하지 않았다. 마치 '내가 후안무치의 끝판왕'임을 과시하는 것처럼 보였다. 무슨 블랙코미디 같지도 않은 광경을 보다가 나는 군대에서 겪은 일이 생각났다.

제대를 넉 달 앞둔 80년 3월, 우리 소대는 전방 철책선 부근에서 물이 한창 오르는 나무를 자르라는 명령을 받았다. 지름 7cm 정도 되는 나무를 1m 길이로, 소대당 하루에 2백 개씩 잘라 오라는 거다.

같이 작업하던 고 병장이 그랬다.

"데모하는 아그들 때려잡으려고 이러는 거 아냐?"

맞았다. 나중에 들었지만, 전방에서 수거한 토막나무는 대전의 가공 공장으로 보내져서 철심을 박은 '시위 진압봉'이 됐다.

그런데 이상하지 않은가? 3월, 그 시점은 '서울의 봄'이라 해서 시위도 거의 없던 때였다. 그러니까 민주화 바람 속에서도 신군부의 정권 찬탈, 유혈 장악 음모가 은밀히 진행되었다는 증거의 하나다. 물론 명령에 따른 것이었다. 하지만 내가 자른 나무도 진압봉이 되어, 혹시 광주의 참극에 쓰인 건 아닌지 죄의식이 들기도 했다.

80년 한여름, 드디어 제대복을 입었다. 서울, 불광동 버스 터미널에 내리자 친구들 여럿이 마중 나와 있었다. 나는 부모님이 기다리는 집으로 가지 않고 친구들이랑 술집부터 찾는 철없는 청춘으로 금방 회귀해 버렸다.

광주의 유혈진압과 삼청교육대 만행. 전두환 군부의 물리적, 정신적 융단 폭격이 가해지던 때, 그 한 귀퉁이 술집에서 우리는 조용필의 〈창밖의 여자〉를 듣고 있었다.

내가 군대에 있는 동안엔 알 수 없던 끔찍한 이야기가 많이 들렸다. 도시는 여전히 움직이고 있었지만, 사람들의 얼굴이 창백해 보였다. 대학 강의실에서 다시 만난 동기들은 그냥 실없이 웃으며 코앞에 닥친 취직 준비에 몰두하고 있었다. 나도 당장 먹고 살 궁리를 해야만 했다. 하지만 방황하다가 입대하기 전처럼 휘청거린 날을 보냈다. 일반 기업체에 취직한다? 그렇게 되면, 빤히 내다보이는 그렇고 그런 삶이 싫었다.

그리고 어쩌다 방송기자가 되어있었다. 81년 7월이다.

수습 연수를 받던 어느 날, 입사 동기들과 술을 마시다가 누군가 객기를 발동했다. 선배들이 야근하는 보도국에 가서 인사를 드리자는 거다. 외신을 챙기던 어느 선배가 환영한다는 말은 했지만 대체로 시큰둥한 반응이었다. 분위기가 왜 그랬는지, 알기까지 오래 걸리진 않았다. 우리가 입사하기 바로 1년 전, 신군부는 기자와 PD 80여 명을 강제로 해직해 버렸다. 우린 어찌 보면, 그들의 빈자리를 채우게 된 '대체 인력'인 셈이다. 야근 선배들에겐 '살아남은 자의 아픔' 같은 게 있었을 테니, 우리를 흔쾌히 환영할 리 없었다. 나중에 다시 떠올려봤을 때, 그때 보도국은 하얀 벽면으로 둘러싸인 병동 같다는 느낌이었다.

나는 사회부에서 짧은 기간, '여대생 박모 양 살인 사건'(당시, 치정 사건을 크게 다룬 건 시국사건을 은폐하기 위해서다) 등을 취재하다가 스포츠취재부로 보내졌다. 그리고 그때 막 출범한 프로야구 기자로 5년 넘게 일했다. 원래 야구를 좋아했지만, 밤마다 야구를 보는 게 일이다 보니, 심판의 플레이 볼! 소리만 들어도 넌더리가 났다.

프로야구 기자를 하면서 가장 오래 기억되는 장면이 있다. 83년 가을, 광주 무등경기장에서 홈팀 해태와 대구의 삼성이 맞붙은 날이다. 8회 말까지 해태가 이기고 있었는데, 9회 초, 삼성의 이만수가 역전 홈런을 때려버렸다. 보통 야구장에는 아무 상황이 없어도 기본적인 소음 데시벨이 높다. 그런데 이만수가 때린 공이 담장을 넘어가는 순간, 무등경기장의 데시벨은 0으로 떨어진 느낌이었다. 완전한 침묵이었다. 나는 광주 야구장 관중들이 3년 전 '오월 그날'의 트라우마를 떠올리지 않았을까, 하는 생각이 들었다.

강요된 침묵 속에서 숨죽여 살아야 했던 시절. 그 울분을 우회적으로나마 토해낸 노래들이 있었다. 그중에 나는 82년 신형원이 노래했던 〈유리벽〉 가사를 다시 들여다봤다.

내가 너의 손을 잡으려 해도, 잡을 수가 없었네.
보이지 않는 그 무엇이, 나를 슬프게 하였네.
나는 느낄 수 있었네. 부딪치는 그 소리를.
유리 벽. 유리 벽. 아무도 깨뜨리질 않네.

그때 그랬다. 뭘 하는지 다 들여다보이는 유리벽 속에 갇힌 채, 우리는 서로의 손을 잡을 수 없었다. 그 기분을 훈이 형이 사자성어 개그로 달래주고 있을 때, 나는 가수들 모창으로 한몫했다. 그러면서 내 시름도 덜어냈다.

당시 아침 스포츠 프로그램 진행자는 가수 서유석 선배였다. 나는 그가 부른 〈가는 세월〉을 그대로 카피했다. 여기저기 사람들 모인 데를 함께 돌아다니며 모창 실력을 뽐냈다. 그랬더니 서 선배가 "네가 더 서유석 같다"라고 했다. 나는 필을 받아서 박인수의 〈봄비〉를 따라 하거나 현인과 남일해 노래를 모창하기도 했다.

개성이 뚜렷한 이들 가수가 만약 〈검은 고양이, 네로〉를 부르면 어떨까, 모창을 해봤더니 좌중에 난리가 났다. 지금 생각하니 창피하기도 한데, 어쨌든 그렇게 시간을 보내고 있었다.

독재정권의 기세가 절정이던 85년, 나는 「세계의 사회체육」이란 다큐멘터리를 제작하게 됐다. 당시엔 사회체육 하면 관제 냄새가 났다. 역시 그 기획에는 '아무 생각 말고, 운동이나 해라.'는 외압이 있었다.

해외 출장을 떠나기 전에, 최초 제안자를 자처하는 사람이 제작팀을 불렀다. 누구 동생인지 뻔히 아는 전 모 씨. 공식 직책이야 '새마을운동본부 회장' 겸 '사회체육진흥회장'이지만 권력의 이인자로 호가호위하고 있었다.

새마을본부에 갔더니 우리를 너무 기다리게 해서 그가 있다는 행사장에 가봤다. '특별연수'라는 과정을 수료하는 행사였다. 한마디로 가관이었다. 그 대상이 서울의 룸살롱 마담들로, 백 명이 넘었다. 근데 전 씨가 수료증을 한 사람씩 주면서 포옹을 10초 넘게 하는 거 같았다. 그러니 시간이 오래 걸릴 수밖에. 이거 참, 블랙코미디도 아닌 장면을 자꾸 연출해 내는 그들 형제의 DNA 분석이 필요해 보였다.

갇혀있던 유리벽 속의 날들이 흘러 1987년, 마침내 6월 항쟁이 일어났다. 시청 앞 시위 현장에서 방송 기자들은 시민들의 돌팔매를 맞았다. '땡전 뉴스'의 복무자였으니 무슨 할 말이 있겠는가.

6월 항쟁이 나기 두 달 전, 나는 아내와 결혼했고 이듬해 첫 딸이 태어났다. 그리고 뒤에 나오지만 죽을 뻔한 위기를 겪은 뒤 둘째 딸을 얻었다. 결혼하고 아이 둘을 낳는 그 중요한 시기에 나는 가장 노릇을 제대로 하지 못했다. 유리벽에 균열이 갔던 그때, 굴종을 떨치는 대열에 서느라 매일 밤늦게 귀가했기 때문이다.

- 신형원 〈유리벽〉
  https://youtu.be/h1up0t5_SaM
- 조용필 〈창밖의 여자〉
  https://youtu.be/CJ_olIMRqkI
- 서유석 〈가는 세월〉
  https://youtu.be/_wiZhHJ-Y-8
- 박인수 〈봄비〉
  https://youtu.be/66kWj6TId2U
- 박혜령 〈검은 고양이 네로〉
  https://youtu.be/mjaQ719-4Ts

그날, 나는 왜 거기 있었나?

"봉천동 골목에 있는 어느 여관으로 와라"

입사 동기한테 연락을 받았다. 개인 전화라는 게 없던 시절, 비밀 접선하듯 연락을 어떻게 했는지 기억이 잘 나지 않는다.

우리는 사실 두려웠다. 잘릴지도 모를 위험이 있었다. 6.29 선언이 나왔지만 달라진 게 별로 없었다. 회사에는 안기부와 보안사 기관원이 그대로 상주하고 있었다. 그들은 제집 드나들 듯하면서 담배를 꼬나물고 사원들을 째려보곤 했다. 감시가 겁나서 전화도 마음대로 할 수 없었다. 사내에서도 도청이 된다는 이야기가 돌았다.

날짜를 기억한다. 87년 7월 13일 늦은 밤, 퀴퀴한 여관방에 기자 일곱 명이 모였다. 왜 모였는가? 자기 자신이 너무 부끄러워 견딜 수가 없다는 거다. 모인 기자들 가운데 다섯 명은 '땡전 뉴스'를 찍어내는 자동화 생산라인에 있었다. 채플린의 영화 「모던 타임스」 장면을 연상하면 된다. 사람의 영혼을 압수한 공장이다. 나사 죄는 작업을 기계처럼 반복하던 노동자는 컨베이어 벨트 속으로 빨려 들어가 버린다. 「모던 타임스」가 그렇지만 땡전 뉴스도 일종의 '희비극'이다.

누구를 패러디하면 '내가 이러려고 기자가 되었나?' 할 수도 없었다. 전두환 정권이 들어선 뒤에 입사했기 때문이다. 우리가 시국에 관해 투덜거리자 어느 선배가 말했다.

"이런 상황을 알면서 들어와 놓고 무슨 불만이야?"

틀린 말은 아니다. 그게 더 부끄러웠다. 자존감이라는 말조차 생각할 수 없었고, 일상화된 체념이 단단하게 굳어져 있었다. 6월 항쟁의 거대한 힘에 편승했다는 자조도 섞였다.

그래도 아무 움직임을 보이지 않는 건 더 죄스러운 일이었다.

우리는 어두운 여관방에서 '청와대의 총독, 사장은 즉각 퇴진하라.'라는 성명서를 썼다. 그리고 다음 날 보도국에서 기자총회가 열렸다. 오래 누르고 있던 울분들이 분수처럼 터졌다. 그런데 나중에 알게 됐지만, 기자들 발언 내용이 거의 실시간으로 새어나갔다. 회사 상층부와 청와대, 안기부에서 누가 무슨 말을 했는지 바로 알고 있었다.

보도국에 도청장치가 있었나? 그게 아니다. 이건 참, 지금도 얘기하기가 낯 뜨겁다. 기자총회에 있던 선배 기자 중에 '인간 도청기'가 있었다. 유력한 용의자로 지목된 그는 이미 대학생 때 프락치 노릇을 했다. 그의 밀고로 많은 학생이 잡혀가 고문을 당했었다. (나중에 회사를 떠난 그는 정치인이 됐다.)

며칠 뒤, 내가 감시 대상자 명단에 올랐다고 들었다. 오히려 어떤 껍질을 벗겨낸 것처럼 마음이 홀가분해졌다. 그때 회사 고위 간부가 나를 잠깐 보자고 불렀다.

"너는 경상도 출신이던데 왜 그쪽 애들과 어울려 다니느냐?"

내 신원 파악을 한 것보다는, 그가 지칭한 '그쪽'이라는 특정 지역 그리고 특정 정치인과 엮으려는 행태가 놀랍고 우스웠다. 독재정권에서 쓰던 전형적인 수법이다.

탄압을 막아내려면 그나마 방패가 될 합법적인 조직이 필요해서 노동조합을 결성했다. 나는 선전홍보 부장을 맡았다. 대외 홍보도 중요했지만, 성명서를 쓰고 노조 신문을 만드는 일에 주력했다. 그때 썼던 글을 30년 만에 다시 보니 언제 그런 독기를 품고 있었는지, 내가 쓴 게 맞나 싶다. 아시다시피 대학 때 시위도 하지 않은 날라리 학생이던 내가 어느새 투사로 변모해 있었다.

시간이 지나면서 나의 글은 감성에 호소하는 식으로 바뀌었다. 회사 수뇌부와 후배들 사이에서 고민하던 차장, 부장 선배들에게 편지 형식의 글을 쓰기도 했다. 선전 전략의 차원이 아니라 후배로서 진심을 담아내려고 애썼다.

그때 나는 5.18의 비극을 노래한 〈임을 위한 행진곡〉을 좋아했다. 그러다가 후배들과 맥주를 마시던 밤에는 푹 잠기고 싶은 노래를 듣곤 했다. 이를테면 그 무렵에 나온 들국화의 〈사랑한 후에〉 같은.

> 저기 철길 위를 달리는 기차의
> 커다란 울음으로도 달랠 순 없어.
> 나는 왜 여기, 서 있나. 오늘 밤엔 수많은 별이,
> 기억들이 내 앞에 다시 춤을 추는데.

그런 감상에 마냥 젖어있을 때가 아니었다. 공안당국의 탄압이 거세졌다. 그런데 그럴수록 노조의 세가 커졌다. 50명에 불과하던 노조원이 몇 달 만에 8백 명으로 불어났다. 나처럼 대학 때 데모도 별로 하지 않은, 그냥 보통의 방송인이었다. 그런 사람들이 겁도 없이 방송 사상 최초의 파업을 결의해 버렸다.

88년 8월 26일 파업을 앞둔 날 새벽, 나는 이런 글을 써서 노조특보에 실었다. 〈어느 영점 가장의 넋두리〉라는 글이다.

> 보름 이상 계속된 새벽 귀가. 어제까지만 해도 아내는 남편한테 웃음을 지으며 꿀물도 내놓곤 했다. 근데 오늘은 웬일인지 짜증이다. 아마 지친 모양인 게다.
> 하기는 작년 7월 이래 귀가 시간을 안방 벽에다 그래프로 그려 놓았다면 가관이었으리라. 게다가 방송에 무슨 가시적 변화도

없으니 할 말이 없다.

'민주화를 빙자해 술이나 마시고 돌아다니는 거 아니냐?'며 아내가 바가지를 긁으면, 나는 괜히 천장을 쳐다보면서 딴전을 피울 수밖에 없었다.

7개월 된 딸아이는 오늘도 세상모르고 잠들어 있다. 이 애가 이담에 커서 '다들 민주화한다고 나섰을 때 아빠는 뭐 하셨어요?' 묻는다면, '그때 아빠는 말이다.' 하고 당당하게 대답할 수 있을 것인가? 잠자리에 누워 그런 상념에 잠겨있을 때 아내는 아까 짜증을 냈던 게 미안했던지, 미소를 지으며 말했다.

"여보, 기왕에 칼을 뽑았으면 연필이라도 깎아야 하잖아요. 잘 될 거예요. 내가 뭐 도울 건 없나요?"

갑자기 코끝이 찡하다. 아내가 내게 감동을 주다니. 신혼 생활도 제대로 못 하고 미안하기만 한데. 새날은 밝아오고, 나는 뒤척뒤척 잠을 이루지 못한다. 정말 잘 될 수 있을까?

훗날 부끄러운 아빠 엄마가 되지 않으려는 젊은 방송인의 심정들이 뭉쳐서 놀라운 힘을 일으켰다. 그들 중에는 민주 인사를 간첩으로 모는, 안기부 각본의 특집을 어쩔 수 없이 제작한 이들도 있었다. 그래서 속죄의 의식(儀式)이 되기도 했다.

고통스러운 싸움이었지만 우리는 파업의 목표를 성취했다. 사장

이 퇴진했고 공정방송을 담보할 장치도 따냈다. 노조원들은 서로 부둥켜안은 채 울고 있었다. 물론, 그 후로도 파란은 끊이지 않았다.

파업 전야에 내가 쓴 〈영점 가장의 넋두리〉가 사내에 회자하였다. 어떤 간부는 놀림 삼아 나를 '미스터 센티멘털'이라고 불렀다. 나는 진심에서 우러나온 감성이 사람의 마음을 움직이는 큰 힘이란 걸 처음 체득했다. 그때 얻은 교훈은 나중에 「시사매거진 2580」이나 다큐멘터리를 제작하는 데에도 상당한 도움이 되었다.

나는 그렇게 굴레를 벗고 자존을 찾던 날, 비로소 내가 누구인지를 알기 시작했다.

- 들국화 〈사랑한 후에〉
  https://youtu.be/noLoi5ufGrM
- 시함뮤 〈임을 위한 행진곡〉
  https://youtu.be/DFRMb9bvzUg

심야의 만주 열차, 죽음의 문턱에서

큰 사건 사고를 접하다 보면, 우린 날마다 삶과 죽음을 가르는 아슬아슬한 외줄 위에 서 있는 느낌이다. 위기는 언제, 어디서든 날카로운 날을 세우고 숨어있다. 예사로운 결정이 생사를 가르는 경우도 많다. 헝가리 유람선 참사에서 그랬다. 무슨 일이 갑자기 생겨서 여행 자체를 취소해 살았다는 사람도 있었으니, 삶과 죽음은 그렇게 우연히 갈라지는 건지…. 아니, 그건 단순한 우연이 아니라 저마다 타고난 운명 또는 팔자로 여길 수도 있겠다.

그러면 나한테 닥친 아찔했던 위기는 필연이라는 운명이었을까. 아니면 단지, 우연의 연속선 위에 있었던 사건일 뿐인가.

1988년 7월, 중국 옌지(延吉)에서 베이징으로 가는 열차가 만주 벌판을 달리던 새벽. 천지 사방이 깜깜한 암흑 속에서 나는 열차 난간에 아슬아슬 매달려 있었다. 검표원의 거센 구둣발이 내 가슴과

손등을 마구 짓눌렀다. 난간 손잡이를 잡고 겨우 버티던 힘이 점점 약해졌다. 리암 니슨이 나오는 하드보일드 영화가 따로 없었다. 지금은 이렇게 말하지만 나는 그때, 서른두 살의 나이에 정말 죽는구나 싶었다. 도대체 이게 무슨 일인가? 24시간 전쯤으로 장면을 되돌려보자.

엔지 시내에 있는 호텔 방.

나는 다큐멘터리 제작팀 동료와 자축의 건배를 하고 있었다. 우리는 불과 열흘간, 한국에 갖고 가면 깜짝 놀랄 것들을 카메라에 담았다는 기쁨에 들떠있었다. 독립 운동가의 자취가 생생히 남아있던 용정 일대와 가곡 〈선구자〉의 '일송정 푸른 솔'이 있는 자리 그리고 윤동주 시인의 생가와 묘소, 백두산 천지 등등. 50분짜리 다큐 두 편은 충분히 만들 만한 분량이었다.

그때 촬영한 모든 게 특종 감이었다. 당시는 중국이 아니라, 우리나라와 국교도 맺기 전인 중공이었다. 일반인들의 출입국도 쉽지 않았다. 그런데 어떤 경로를 통해서 정식 입국허가를 어렵게 받아냈고 촬영도 가능했던 거다. 한국 방송사로서는 중국 땅에 처음 들어간 다큐멘터리 팀이었다.

촬영 테이프를 다시 확인하며 짐을 꾸리고 있던 그때, 똑똑 노크하는 소리가 들렸다. 새벽 2시가 넘었는데 누구지? 예감이 안 좋았다. 문을 살짝 열어본 나는 심장이 멎을 듯 깜짝 놀랐다. 섬뜩한 빨간 군모를 쓴 중국 공안 세 사람이 서 있었다. 나는 반사적으로 문을 닫아버렸다. 조선족 공안이 "동무, 문 여시오!" 하면서 거칠게 문을 밀고 들이닥쳤다.

그들은 목록이 적혀있는 수첩을 꺼내 들었다. 그러고는 방송 카메라로 촬영한 테이프뿐 아니라 가정용 비디오카메라로 찍은 비상용 테이프까지 낱낱이 찾아내 압수했다. 공안들이 떠난 뒤 우리는 바닥에 털썩 주저앉았다. 후배 기자는 엉엉 울고 있었다. 바로 알아차릴 수 있었다. 우리와 동행했던 현지 가이드가 날마다 상세한 촬영 상황과 테이프 목록까지 공안당국에 몰래 넘겼던 거다.

그는 이미 잠적하고 없었다. 그러면, 원래 동북 3성 취재를 민감히 여기는 중국 공안은 왜 애초에 촬영을 저지하지 않았을까? '우리가 손바닥처럼 들여다보고 있으니 촬영을 하든 말든 연변 일대에서 돈이나 쓰고 가라, 테이프는 떠나기 직전에 압수할 테니' 그런 속셈이었는지, 아니면 우리가 촬영하는 도중에 중앙 정부의 변경된 지침을 받았는지, 알 수 없었다.

특종의 기쁨에 들떠 있다가 큰 허탈감에 빠진 우리는 베이징행 열차에 올랐다. 자정이 넘어 나는 화장실에 가려고 자리를 벗어났다. 근데 충격에서 헤어나지 못한 탓인지, 기차표와 여권, 지갑이 든 점퍼를 벗어놓고 간 게 화근이었다.

세 칸이나 지나야 있는 화장실에 거의 다 왔을 때, 건달 같은 청년들이 패싸움을 벌이고 있었다. 열차 공안들이 몰려오고, 갑자기 검표를 시작했다. 기차표를 두고 온 나는 꼼짝 없이 무임 승차자가 되고 말았다.

동료들 자리는 너무 멀리 있어 도움을 청할 수도 없는 상황이었다. 검표원은 다짜고짜 나를 승강구로 몰고 갔다. 그러더니 정차해 있던 역에 내리라는 손짓을 했다. 사람은커녕 불빛 한 점 없는 한밤중의 벌판, 역 같지도 않은 역에 내리라는 건 그냥 버리고 가겠다는 뜻이다.

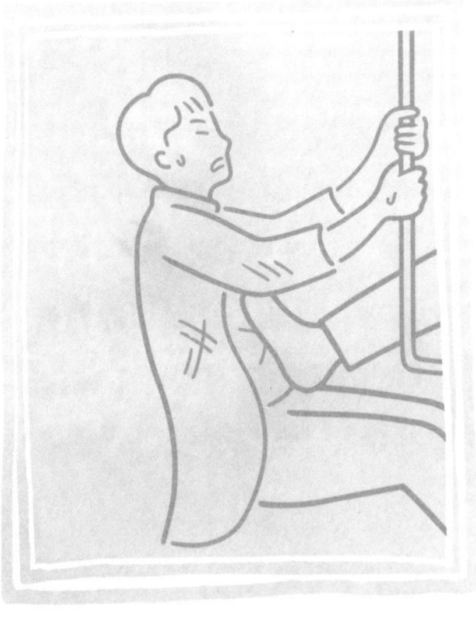

버티던 나를 검표원은 난간 계단 아래로 밀쳐내기 시작했고, 출발한 열차는 속도를 내고 있었다. 그야말로 위기일발의 상황이었다. 발끝이 땅을 스칠 정도로 추락 일보 직전, 더구나 그때 열차는 철교에 들어섰던 거로 기억한다.

신혼이었던 아내, 6개월도 안 된 딸아이 얼굴이 어른거렸다. 이때 나는 미친 듯, 있는 힘을 다해 영어로 소리 질렀다. (한 20초는 그랬던 거 같은데 도대체 영어로 무슨 말을 했는지, 그때나 지금이나 잘 모르겠다. 욕을 좀 섞은 건 분명하다.)

발로 짓누르던 검표원이 멈칫하는 기미를 보였다. 그 틈을 타서 나는 조끼 주머니를 뒤지다 찾아낸 20달러 지폐 두 장, 한자로 된 명함을 꺼내 흔들며 계속 영어로 소리를 질러댔다. 마침내, 나는 살아났다.

내가 그때 만약 깜깜한 만주벌판에서 중국 검표원에 의해 추락사하고 말았다면? 당시엔 국교도 수립되지 않았고 내 몸엔 신분을 증명할 아무것도 없었다. 그러니 열차에서 단순 실종된 것으로 처리되었을 거다.

그런데 검표원은 왜 나를 죽음으로까지 몰고 갔는지, 그러다가 태도를 바꾼 건 달러와 명함 때문인지, 미친 듯 질러댄 영어 덕분인지 지금도 모른다. 알고 싶지도 않다. 어쨌거나 살아났으면 그만이다. 그냥, 절체절명의 위기에 몰리면 누구나 그렇듯 지푸라기라도 잡다가 살아난 경우로 보면 된다.

사실은 중국 열차 사건 이전에 이미 죽을 뻔한 위기가 있었다. 군대에서 조교로 있을 때, 사격장 감적호에 엎드려 있다가 일어나는 순간이었다. 사격 종료 깃발이 올라가 있는데도 훈련병이 난데없이 쏜 총탄에 내 철모가 핑하고 날아가 버렸다. 1초만 일찍 몸을 일으켰다면? 아찔하다. '아니, 이 사람은 무슨 전쟁을 치른 것도 아닌데 험한 일들이 왜 그리 많았지?' 하시는 분이 있을지 모르겠다. 하긴, 열차 사건 10년 뒤에 나는 또 한 차례 위기를 겪는다.

잘 모르겠다. 어쩌다 세상과 마주친 인생이라면, 그 아찔했던 순간도 그저 우연일 수 있다. 하지만 타고난 운명이나 팔자라는 게 있다고 누가 말한다면, 그걸 무시할 수만은 없다. 혹시라도 운명의 신이 있어 나에게 '좋은 일 많이 하고, 열심히 살아라.' 하면서 위기를 모면하게 해줬다면 감사해야 할 일이다.

갑자기 닥친 위기를 겪은 뒤, 나는 과연 단단해진 의지로 치열하게 살아왔던가.

화창한 날에 쏟아진 폭우

「국가 부도의 날」은 2018년에 나온 영화다. 20년 전 IMF 시대의 아픈 기억을 사실적으로 소환했다. 작은 공장을 운영하던 사장이 휴지가 된 어음을 찢으며 울음을 삼킨다. 부도난 자영업자가 자살하고, 해고 노동자들이 서울역 노숙자가 되었다.

1999년의 영화 「세기말」은 국가 부도가 난 그때 한국의 어두운 실상을 섬뜩하게 그렸다. IMF가 낳은 여러 군상이 참극을 빚는 영화다.

그 혼돈의 시기에 오히려 떼돈을 번 졸부가 어느 날 무참하게 살해된다. 길거리에서 요요를 팔던 중년 남자가 범인이다. 공장에서 해고된 노동자였다. 그랬던 시대에, 영화 「세기말」과 비슷한 무서운 일이 내게 다가왔다.

98년 6월, 나는 바쁜 날을 보내고 있었다. 두 달 전에 뉴욕 특파원 발령을 받았다. 뉴욕이 어디인가. 젊은 날, 좁은 아파트에서 뮤지컬 유학이라는 턱없는 망상에 빠지게 했던 곳이다. 그 거대한 꿈의 도시에 가게 됐다는 설렘과 잘 해낼 수 있을까 하는 두려움이 교차하던 날이다. 아내와 아이들도 기대에 부풀어 짐을 꾸리고 있었다.

그날 나는 여의도 회사 근처에서 친한 동료들과 환송회를 갖고 있었다. 그 자리에서 이런 얘기가 나왔던 게 기억난다. 민심이 흉흉해서 범죄가 기승을 부린다, 특히 취객들 상대로 하는 아리랑치기[8]가 여의도에서 자주 일어난다, 우리 회사에도 피해자가 많다, 그런 말이었다. 나는 건성으로 들었지만, 술은 많이 마시지 않아야겠다고 생각했다. 출국 날짜도 일주일밖에 남지 않았으니 그만 일어서기로 했다.

12시 가까이 됐던 것 같다. 조금 기다리면 택시도 잡을 수 있었는데 어떤 차가 내 앞에 섰다. 지금은 생소한 이름이지만 속칭 나라시, 자가용으로 불법 영업을 하던 차다. 전에도 그런 차를 이용한 적이 있었다.

"손님, 어디 가세요? 택시 요금 정도만 내면 되는데."

운전사가 내려서 나를 차 안으로 거의 밀어 넣었다.

느낌이 좋진 않았지만 뭐 별일이 있겠나 싶었다. 그런데 얼마 못 가서 차를 세우더니 합승을 하자고 했다. 세 남자가 뒷자리에 탔다.

---

8 아리랑치기; 길가에서 잠들었거나 인사불성인 사람의 지갑이나 귀중품을 훔쳐서 달아나는 행위. 또는 그런 행위를 하는 사람.

나라시가 합승을 한 적이 있던가? 이젠 예감이 아주 안 좋았다. 백미러로 뒤에 탄 남자들을 봤다. 아무래도 빨리 내려야겠다는 생각이 강하게 들었다. 하지만 차는 이미 도로를 질주하고 있었다.

논현동의 어두운 골목길로 기억한다. 뒤에 탄 손님들이 먼저 내린다면서 차를 세웠는데 그게 아니었다. 어렴풋이 짐작했지만, 운전사와 손님이란 자들이 한패였다. 운전사가 그때는 대놓고 나한테 그랬다.

"당신, 오늘 잘못 걸려들었어."

머리가 주뼛 일어섰지만 나는 차분한 척 말했다.

"알았어요, 가진 거 다 드릴게."

근데 내가 가진 걸 그냥 털어가는 정도가 아니라 신체적 위해를 가할 것 같은 느낌이 왔다. 차 문을 열고, 있는 힘을 다해 달아나기 시작했다. 뒤에 탔던 세 남자가 쫓아왔다. 나는 코너를 돌아서 보이는 어떤 건물로 무조건 뛰어들었다. 3층으로 올라가니 여관이었다. 주인한테 무슨 말을 할 겨를도 없었다. 비어있던 복도 끝 방에 들어가 문을 잠갔다. 얼마 지나지 않아 그들이 이 방 저 방, 문을 두드리고 거칠게 열었다 닫는 소리가 들렸다. 그들이 점점 가까워지고 있었다. 밑을 내려다보면서 여차하면 뛰어내릴 생각을 하고 있었다. 도망치기까지 했으니 가만 놔둘 거 같지 않았다. 문이 열리고 그들이 들이닥쳤다.

"이 새끼, 너 오늘 죽었어. 어딜 도망가."

인상이 험해 보이는 자가 주머니에서 칼을 꺼냈다. 잠깐 사이지만 별생각이 한꺼번에 들었다. 운명이 있다면 나한테 왜 이러는가, 이제 가족들을 못 보는 건가. 그런데 제일 나이가 많아 보이는 남자가, 칼을 들고 내게 다가서던 사내를 막았다. 이런 짓을 할 것 같지 않은 선한 얼굴이었다. 내 몸을 뒤져서 지갑을 우선 챙겼는데 윗주머니에 있던 방송사 신분증을 보더니 멈칫하는 표정이었다. 칼을 들었던 사내가 주먹으로 내 얼굴을 세게 내리쳤다. 그리고 그들은 황급히 떠났다.

집으로 걸어오면서 나는 가슴을 쓸어내렸다. 그래도 이만한 게 얼마나 다행인가. 걱정이 가득한 아내에게 벌어진 일을 실제보다 덜 심각하게 얘기했다. 날이 밝아 아침이 되자 어느 카센터에서 연락이 왔다. 화장실에서 빈 지갑과 신분증을 발견했다고. 회사에 전화를 걸어서 우리 집 전화번호를 알아냈다고 했다. 그들이 논현동에서 상당히 떨어진 그곳에 버리고 갔던 거다.

환송회를 함께했던 동료들이 회사 휴게실에 모였다. 간밤의 상황을 듣던 후배는 아리랑치기가 아니라 납치를 당할 뻔했다고 말했다. 천만다행이라면서 짚이는 게 있다, 포장마차에서 근처에 앉아 있던 남자들이 우리를 계속 쳐다보면서 얘기를 듣고 있었다, 그자들의 소행인 것 같다고 했다.

혼이 나가 끊어졌던 기억을 잘 더듬어 맞춰보니 맞았다. 그 포장마차에서 봤던 남자들 인상착의가 여관방의 그들과 일치했다. 해외로 출국한다는 이야기를 엿들은 그들이 나를 표적으로 삼았던 게 분명해 보였다. 표적 물색. 당시 여의도에서 벌어지던 범죄의 첫 단계라는 얘기를 들었다.

어쨌든 나는 예정된 날짜에 뉴욕으로 떠날 수 있었다.

그 일을 겪으면서 호사다마好事多魔라는 고사성어가 생각났다. '좋은 일에는 탈이 많다. 나쁜 일이 따를 수 있으니 방심하지 말고 늘

경계하라.' 그때는 호사다마라는 게 바로 이런 거구나, 정도로만 여겼다.

근데 지금은 그때 나는 누구였고 내 목숨을 위협했던 그들은 또 누구였나, 하는 생각이 든다. 국가 부도 상황에서 막장으로 치닫게 된 사람들이었을 거다. 방송에서는 시대의 그늘을 비추고 있었지만, 실생활에서 나는 그냥 안정된 직장인이었다. 곳곳에서 들려오던 신음과 아픔을 비켜나 있었다. 나를 벼랑 끝으로 몰아넣었던 그들 눈에, 나는 팔자 좋게 호의호식하는 사람으로 보이지 않았을까.

내가 겪은 험한 일조차 시간이 흐르면 이렇게 달리 다가온다. 세월이 많이 지난 뒤 좋은 영화와 책을 다시 보거나, 노래를 오랜만에 들을 때도 그런 느낌이 온다. 참 이상하네, 그러다가 이내 고개를 끄덕이게 된다.

고등학교 때 좋아했던 CCR의 〈쏟아지는 비를 본 적 있나요 Have you ever seen the Rain〉도 한참 만에 다시 들으니 느낌이 완전 다르다. 그전에는 반전 노래의 하나로만 알았다.

> 누군가 말했지. 정적 뒤에 폭풍이 오고,
> 화창한 날에도 비가 쏟아진다고.
> 그런 날이 반복될 거야. 원을 계속 돌고 돌면서,
> 빠르게 어떨 땐 천천히.

나는 알아. 그걸 멈추게 할 수 없다는 것을.

위기를 몇 차례 넘기면서 나는 정적 뒤에 몰아친 폭풍, 화창하던 날 갑자기 쏟아진 소나기를 만났다. 좋은 노래, 좋은 영화와 책들이 오늘 고맙다. 시간이 지날수록 깊은 의미를 느끼게 하면서 내 삶을 성찰하는 데, 큰 도움이 되기에.

CCR 〈쏟아지는 비를 본 적 있나요 Have you ever seen the Rain〉
https://youtu.be/pmTiK9jp970

[Life in Music 4]

어떤 인생이든 페이소스pathos가 있다

아무에게도 후회를 묻지 말자

너의 이름을 부를 때

아내의 눈물과 오래된 상자

사람을 그리워한 비비안과 자야 누나

페이소스pathos는
연민과 동정, 비애를 느끼게 하는 감정이다.
정서적인 호소력이 있으면 페이소스의 울림이 크고
많은 이들의 공감을 자아낸다.

살면서 가슴에 쌓인 후회 속에도,
남몰래 눈물을 흘리거나
누군가의 이름을 애타게 부를 때에도,
아무도 관심을 주지 않는 고독한 인생에도
페이소스가 있다.

아무에게도 후회를 묻지 말자

후회.

인생에서 빼놓을 수 없는 키워드다. 정체 모를 불안과 함께 내 새벽잠을 깨우는 공범이다. 후회는 부질없다거나 소용없다는 후렴이 꼭 따라붙는다. 그 부질없는 후회가 대체 뭐냐고, 내게 묻지 않았으면 좋겠다. 후회할만한 일이 헤아리기 힘들 정도로 많은데 정서적 호소력을 지닌 게 거의 없다. 타인의 공감을 살만한 페이소스가 별로 없는 거다.

아내한테는 제일 후회되는 게 뭘까. '그런 건 왜 물어봐요. 내 인생 최대의 후회는 당신을 만난 거지 뭐.' 그럴까 봐 겁나서 물어보지 못했다. 농담처럼 말할지 모르지만 아픈 얘기다. 그 정도로 그치면 그나마 다행이다. 나한테 이런다면 큰일이다. '당신은 후회할 게 어디 한두 가진가? 바깥에서 술 마시다 날린 돈만 해도 집 한 채 값일 텐데.' 아내가 그런 비과학적 추산을 한다 해도, 나는 할 말이 없다.

한 달에 한번 정도 점심에 모이는 지인들이 있다. 대부분 나보다 선배들이다. 식사를 끝내고 커피를 마시면서 후회를 화두로 꺼내 보려다가 말았다. 분위기가 싸해질 거 같았다.

"선배님들, 살아오면서 가장 후회하는 게 뭔가요."

만약 그런 질문을 했다면,

"거참, 뭘 그런 걸 물어보나…."

당혹스러운 표정을 짓지 않았을까. 평소에 장난기 많은 선배는 이랬을지 모른다.

"어제 중국집에 갔는데 짬뽕을 시킬 걸 잘못 했어. 괜히 짜장면을 시켰나 봐. 맛이 없더라고. 그런 게 후회지, 뭐 있나?"

후회에 관한 명언들은 뭐가 있는지 검색해 보았다. 예를 들 것도 없이 전부 맞는 말이지만 왠지 공허하다. 노래는 어떨까 찾아봤더니 거의 남녀 간의 사랑 이야기다. 실연당하고 후회하는 건데 영락없이 비가 쏟아진다. 60년대에 캐스케이즈가 부른 〈빗소리의 리듬Rhythm of the Rain〉은 그런 노래의 클래식이다.

> 떨어지는 빗소리의 리듬을 들어봐요.
>
> 내가 얼마나 바보였는지를 말해주네요.
>
> 비가 계속 내렸으면 좋겠어요.

내가 그냥 부질없는 눈물을 흘리게 놔두세요.

그땐 참 그렇게 순수했나 보다. 빗소리로 실연의 아픔을 달래는 이 남자는 소심했던 내 젊은 날의 모습을 닮았다. 그러고 보니, 대학 때 술집에 가면 후회로 가득한 노래만 떼창을 한 것 같다. 윤수일의 〈사랑만은 않겠어요〉를 거쳐 트리퍼스의 〈정주고 내가 우네〉로 가면 절정이었다. 젓가락 장단이 들어가 주면 더 처연해지는 노래다.

정든 님 사랑에 우는 마음 모르시나, 모르시나요.
무정한 당신이 내 마음 아실 때는, 땅을 치며 후회하련만.

이 노래를 40년 만에 다시 듣다가 엉뚱한 생각이 또 들었다. 대학 시절, 내가 보낸 구애의 편지를 받고도 끝내 답장을 하지 않은 여대생들. 근데 혹시라도 노래 가사처럼 뒤늦게 내 진심을 알고 '땅을 치며 후회'한, 그 누군가가 있지 않았을까? 생뚱맞은 망상을 하는 습관이 여전하다.

처음엔 그들이 누군지 몰랐다. 이른 아침부터 편의점 앞에서 술판을 차린 나이 든 남자들. 이야기를 좀 듣다 보니 부근에 있는 택시회사 운전기사들이다. 새벽 교대를 하고 집에 가기 전에 한잔하는 듯했다. 남의 얘기를 엿듣는 건 실례지만, 그들이 무슨 생각을 하고 있는지 궁금했다.

간밤에 겪은 진상 취객들 얘기가 나왔다. 택시 운전한 지 얼마 안 된 기사로 보였다.

"하여튼 말세야. 내 아들보다 어린놈이 반말을 찍찍하고, 뒤에 앉아 운전석을 발로 툭툭 차는 놈이 없나, 술 취한 여자애가 바닥에 토하고, 아 미치겠더라고."

제일 나이 들어 보이는 기사가 말을 끊었다.

"그런 건 다반사야, 더 겪어보면 이골이 나지."

그러자 그들은 과거로 돌아가기 시작했다. 그전에 치킨집을 운영한 것 같은 기사가 얘기를 꺼냈다.

"임대료를 계속 올리니 버틸 수가 있나. 안 그래도 장사가 안됐는데 접어야지 어떡하겠어. 목구멍이 포도청이라 이렇게 사는 거지 뭐."

그전까지 듣기만 하던 기사가 그제야 말했다.

"그래도 그건 원통하지는 않잖아, 나는 친구 놈 꼬임에 빠져서 사기를 당했는데…."

그러고는 술을 들이켰다. 친구와 동업하다가 배신을 당한 듯했다. 이런 경우가 진짜 가슴 아픈 후회에 속한다.

제일 나이든 기사가 다시 나섰다.

"아이고, 그런 사연이 한 둘이야. 자, 인제 그만 일어서자고."

그들은 술자리를 말끔히 치우고, 약간 비틀거리며 지하철역으로 향했다.

영화 「박하사탕」. 달려오는 기차에 몸으로 맞섰던 주인공의 마지막 절규가 20년이 지나도 생생하다.

"나, 다시 돌아갈래!"

박하사탕처럼 순박하던 노동자 영호(설경구)의 인생을 뒤흔든 건 그 자신이 아니다. 끌려들어 갈 수밖에 없던 5.18의 비극이다. 겁에 질린 순간의 치명적 오발과 소녀의 죽음. 그때 가슴을 먹먹하게 하던 영호의 오열은 잘 지워지지 않는 장면이다. 그 후로 그는 가학성을 즐기는 괴물이 되어갔다.

후회란, 선택의 갈림길에서 길을 잘못 잡을 때 생겨난다. 그의 오발탄 같은 삶에서 어떤 선택을 할 만한 여지는 없었다. 그 영화는 후회가 아니라, 돌이킬 수 없는 트라우마를 말하고 있다.

경이로운 거장, 클린트 이스트우드의 2018년 작 「라스트 미션」은 그가 무려 여든여덟 살에 만들고 주연한, 실화를 바탕으로 한 영화다. 주인공 '얼 스톤'은 꽃 키우는 화원사업에 빠져 미국 전역을 돌아다니다가 가족과 등지게 된 무책임한 가장이다. 아내 생일은 물론 딸의 결혼식에도 참석하지 않았다.

어느 날 그의 아내가 꽃이 그렇게 좋으냐고 물었더니, 무심한 대

답이 나왔다.

"꽃은 하루 피다가 지잖아. 그 하루를 위해 꽃 키우는 시간이 너무 좋아."

아내는 한숨을 쉬며 말한다.

"가족은요? 당신이 그렇게 좋아하는 꽃이랑 뭐가 다른데요?"

꽃 가꾸는 사업은 망해버리고, 스톤은 아흔을 바라보는 지친 늙은이가 되어있었다. 뒤늦게 가족에 대한 후회가 밀려왔다. 돈이라도 벌어서 보상했으면 하던 때, 그는 무언가를 운반해주기만 하면

큰돈을 주겠다는 제안을 받는다. 마약밀매 조직의 늪에 빠졌다는 걸 나중에 알게 된다. 수사망이 좁혀져 오던 어느 날, 아내가 위독하다는 전화를 받는다.

그는 그제야 말기 암으로 며칠 남지 않은 아내 곁으로 돌아간다. 손을 잡은 목소리가 떨리고 있었다.

"여보, 사랑해."

60년 만에 하게 된, 사랑한다는 말은 그의 처음이자 마지막 고해가 되었다. 장례식을 마치고 그는 딸에게 중얼거리듯 말한다.

"다른 건 돈으로 다 살 수 있던데 시간은 살 수 없었어."

아흔 살의 그가 말로써 드러낸 유일한 후회다. 후회란 게 그런가 보다. 프랭크 시나트라의 〈마이 웨이My way〉를 다시 들어본다.

> 후회, 조금은 있지.
> 그러나 돌이켜보면 말할 건 별로 없어.
> …
> 이룬 것만큼 잃어버린 좌절도 겪었지.
> 이제 눈물을 다 거두고 나니,
> 그래도 모든 게 재미있는 일이었어.

영화 「라 비 앙 로즈」의 피날레에서 에디트 피아프도 그랬다. 〈아니, 난 절대 후회하지 않아 Non, je ne regrette rien〉를 부른다. 파란만장이란 말로는 부족한 그의 삶을 마무리하는 노래다.

> 슬픔도 기쁨도 불 속에 던져 버리고,
> 아팠던 지난 사랑도 가슴에 묻어야지.
> 아니, 난 절대 후회하지 않아.
> 내게 후회 같은 건 없어.

사람들은 저마다 깊은 후회를 품고 있다. 하지만 다들 그렇게 가슴에 묻은 채 살아간다. 그리고 누구나 소망할 것이다. 앞으로는 그저, 후회될 일이 조금이라도 덜 생겼으면 좋겠다고. 나도 그렇다. 아무에게도 후회를 묻지 말자. 내일 새벽 잠결에는 그 부질없는 후회가 제발 나를 찾지 않았으면 좋겠다.

- The Cascades 〈빗소리의 리듬 Rhythm of the Rain〉
  https://youtu.be/iczdtVWaSHE
- 트리퍼스 〈정주고 내가 우네〉
  https://youtu.be/qMY8dnFff5I
- 윤수일 〈사랑만은 않겠어요〉
  https://youtu.be/OIWVxGEr2RE

▶ Frank Sinatra 〈마이 웨이 My way〉
https://youtu.be/EkWQidAzEiU

▶ Edith Piaf 〈아니, 난 절대 후회하지 않아 Non, je ne regrette rien〉
https://youtu.be/Gsz7luZ3paM

너의 이름을 부를 때

우리 집 애들 이름은 할아버지가 지어주셨다. 큰딸은 뜰에서 바라보는 은하수, 작은딸은 마음씨도 예쁜 사람. 아버지와 나는 아이들 이름에 그런 염원을 담았다.

아이들은 색연필로 자기 얼굴을 그린 종이에 삐뚤빼뚤 이름도 쓰기 시작했다. 집에만 머물러있던 이름이 바깥세상으로 나갔다. 유치원에 처음 가던 날, 명찰을 달고 있던 아이들 모습이 눈에 선하다. 어린이날 놀이공원에 갔다가 갑자기 애가 보이지 않았다. 얼마 지나지 않아 찾게 됐지만 놀란 가슴으로 애타게 불렀던 이름이다. 아이들이 커서 어느 날, 대학입시 합격자 발표가 임박해 있었다. 아빠, 난 심장이 떨려서 못 열어보겠어. 그래, 내가 열어볼게. 떨리는 손으로 클릭하자, 합격을 축하합니다. 네 식구를 얼싸안게 했던 이름이다. 해외 출장을 앞둔 딸이 자전거 타고 가다가 사고를 당한 날도 있었다. 전화를 받고 달려간 응급실에서 그나마 다행이라며 나를 안도하게 했던 이름이다.

잃어버린 아이의 이름을 가슴에 품고 사는 부모들이 있다. 세월호가 가라앉던 날, 엄마 아빠를 찾고 아이를 부르는 애끓는 시간이 속절없이 지나갔다. 희망은 끝내 방울 거품처럼 꺼져버렸다. 아이들은 삶의 마지막 순간에도 전화를 붙들고 있었다. 안산 단원고 2학년 김영은. 영은이는 엄마한테 음성 메시지를 남겼다.

"엄마 정말 미안해. 그리고 사랑해…."

울먹이던 목소리는 지금도 영은이 이름과 함께 엄마의 휴대전화에 남아있다.

영화 「생일」은 세월호 유가족의 아픔을 잘 그려냈다.

아들 이름은 정수호. 수호가 떠난 지 2년이 지났다. 엄마가 소파에 누워 세월호가 침몰하던 그 날 주고받은 카톡을 다시 보고 있다. 아들의 카톡방 이름은 '수호천사'다. 수호천사는 배가 침몰하기 한 시간 전에 사진을 찍어 올렸다. 평온한 바다 풍경이다. 그러다가 문자가 떴다.

'9:02 순남 씨, 전화 좀 받지.'

평소에 수호는 친근감의 표현으로 엄마의 이름을 부르곤 했다. 그런데 8분이 지나자 엄마를 다급하게 찾는다.

'9:10 엄마, 전화 좀 받아!'

이때는 배가 빨리 기울기 시작할 때다. 엄마는 세 시간쯤 지나서야 아들이 보낸 문자를 보았다.

'12:02 아들, 어디야??? 전화 안 받네.'

'12:03 수호야!'

이미 바다에 잠긴 수호가 답장을 할 리가 없다. 엄마는 마트에서 이른 아침부터 일하고 있었다. 아들이 고통 속에서 마지막 숨을 쉬던 순간을 모르고 있었으니, 엄마는 세월이 흘러도 가슴이 미어진다. 엄마는 눈물을 닦으며 현관 센서 등을 바라본다. 학교 갔다 집에 들어설 때 아들을 밝혀주던 등은 고장 난 지 오래다.

'엄마, 나 왔어.'

'배고프지, 수호야.'

그렇게 이름을 부를 때 켜져 있던 센서 등이 엄마에겐 아들의 존재를 나타내는 상징이었다.

수호가 하늘나라로 간 뒤 2년째 맞는 생일이다. 함께 떠나간 아이들 부모와 살아남은 친구들이 많이 모였다. 그날 선실에 같이 있었던 친구가 울먹이며 고통스럽게 회상한다.

"수호가 체격이 좋고 착하잖아요. 물이 들어차니까 자기 구명조끼를 벗더니 허약한 친구한테 입히고, 갑판으로 밀어 올렸는데…."

더는 말을 잇지 못한다. 아들한테 '수호천사'란 별칭을 붙여준 엄마가 또 울음을 터뜨린다.

친하게 지내는 회사 후배가 6년 전에 아들을 잃었다. 그는 새벽에 아들 친구의 전화를 받았다. 버스에서 아들이 갑자기 쓰러졌다는 거다. 달려가 보니, 이미 숨이 멎은 상태였다. 의자에서 스르륵 바닥으로 미끄러진 뒤 꼼짝도 하지 않았다고 했다. 119를 빨리 불렀다면 살았을지 모른다고 후배는 지금도 한탄을 한다. 같이 있던 친구는 어찌할 바를 몰랐고, 승객들은 술에 취해 쓰러진 거로 알았다니 너무 안타까운 일이다. 사인은 심장마비, 그때 나이 스물다섯이었다.

후배 아들 진한이는 자립심이 강한 청년이었다. 집안 사정이 넉넉한 편인데도 새벽부터 동대문시장에서 아르바이트했다. 낮에는 대학에 다녔고, 밤에는 어릴 때부터 좋아하던 음악 활동을 했다. 홍대 앞 밴드의 기타리스트였다.

그런데 무리를 해서는 안 되는 지병이 있었다. 심장비대증은 평소엔 특별한 징후를 보이지 않는다. 진한이가 과로를 조심해야 한다는 걸 챙기지 못한 자책감이 부모의 가슴을 더 아프게 했다.

아들이 떠나고 난 몇 달 뒤, 후배의 부인이 작은 사무실을 차렸다. 사무실의 상호는 '지나니모(Jinanimo)'. 후배 어머님이 며느리를 진한이 모(母)라고 부른 데서 따왔다고 한다. 어느 날, 후배와 술 마시는 자리에서 내가 물었다.

"엄마가 '지나니모'를 부르다 보면 아들 진한이 생각, 많이 날 텐데."

후배는 웃으며 말했다.

"아네요. 아들 녀석이랑 늘 같이 있는 기분일 거예요."

둘 다 한동안 말없이 술잔을 기울였다. 강인해 보이던 후배 진한이 아빠가 울컥, 올라온 듯했다. 내가 괜히 그런 말을 꺼냈나 싶었다.

에릭 클랩튼의 〈천국의 눈물Tears in heaven〉이 생각난다. 아파트 베란다에서 놀다가 떨어져 숨진, 어린 아들 코너를 애도하는 노래다.

우리가 천국에서 만난다면 내 이름을 알 수 있겠니?

우리가 천국에서 만난다면 예전처럼 지낼 수 있을까?
난 강해져야 하고, 계속 살아가야겠지. 여긴 천국이 아니니까.
거기, 천국에 간다면 내가 눈물 흘릴 일이 더는 없을 거야.

요즘은 그런 간판을 잘 볼 수 없지만, 아들이나 딸의 이름을 내건 가게들이 많았다. 살아있는 자녀들이다. 공부 잘하고, 건강하고, 탈 없이 잘 살기를 바라는 부모의 소박한 마음이 담긴 간판들. 식이네 식당, 봉숙이네 마트, 선희네 꽃집, 그리고 재춘이네 조개구이집이 있다. '재춘이네'는 10년 전 어느 통신사의 광고로 유명해졌다. 윤제림 시인[9]의 시에서 따온 카피다.

재춘이 엄마가 이 바닷가에 조개구이집을 낼 때
생각이 모자라서
그보다 더 멋진 이름이 없어서
그냥 '재춘이네'라는 간판을 단 것은 아니다.
자식의 이름으로 사는 게
그게 엄마의 행복인 거다.

---

9 윤제림 시인 ; 1987년《문예중앙》으로 등단했다.「재춘이 엄마」라는 시에서 '재춘이네 조개구이집'이 등장한다.《미미의 집》,《삼천리호 자전거》,《사랑을 놓치다》등의 시집이 있다.

아내의 휴대전화에는 애들이 이름 대신 '총명한 큰딸'과 '고운 작은딸'로 들어있다. 그 두 딸이 지인들 모임이 있다고 나갔는데 밤늦도록 돌아오지 않았다. 아내가 카톡 문자를 여러 번 보냈지만, 답이 없었다. 무슨 일이 있는 건 아닐까, 걱정하던 차에 카톡이 울렸다.

"너무 시끄러운 데라서 문자 온 걸 몰랐어요. 집에 다 왔네요.^^"

현관문 열리는 소리가 들리고 센서 등이 켜졌다. 불빛을 받은 애들 얼굴이 그날따라 예뻐 보였다.

▶ Eric Clapton 〈천국의 눈물 Tears in heaven〉
https://youtu.be/b6t4Zs5Yq_k

아내의 눈물과 오래된 상자

집에서 식구들이랑 영화를 같이 보는데, 작은딸이 휴지를 가지고 온다. 그건 엄마가 곧 눈물을 흘릴 거라는 신호다. 사실은 나도 눈물이 슬쩍 맺히는 중이다.

눈물은 언제 나는가. 가만 생각해 보니, 실제로 슬픔을 겪을 때보다는 영화나 드라마를 보다가 흘린 눈물의 총량이 많다. 감정이입이 쉽게 되는 나이라서 그런지, 과거의 아픈 기억과 맞물려있어서 그런지, 그 까닭은 잘 모르겠다.

아내는 원래 성격이 쾌활하고 강한 편이다. 우는 걸 별로 본 적이 없었다. 그런데 50대가 되면서 부쩍 눈물이 많아졌다. 언젠가 아내는 온종일 꼼짝도 하지 않고 누워있던 날이 있었다. 평소에 볼 수 없던 모습이었다. 여러 가지 속상한 일들이 한꺼번에 떠올라서 그런가, 눈물을 흘리고 있었다.

나중에 알게 되었다. 아내는 그때 오빠 생각이 나서 몸을 움직일 수 없었다고 했다.

2002년 6월 29일 밤. 사회부장을 하면서 바빴던 나는 그날 터진 연평도 해전 기사를 보고 있었다. 아내한테서 전화가 왔다. 바쁜 시간엔 전화를 걸지 않는데 웬일이지, 좋지 않은 일이 생겼다는 걸 직감했다. 오빠가 갑자기 쓰러졌다는 거다.

응급실에 가보니, 처남은 뇌출혈로 의식을 잃은 상태였다. 골든 타임을 놓쳐서 의료진도 어쩌지 못하고 있었다.

증권회사에 다니던 처남은 그날 큰 곤욕을 치렀다. 주가가 갑자기 폭락하는 바람에 충격을 받고 고객의 화풀이까지 감당해야 했다. 장이 끝난 뒤 화장실에 간 처남은 바로 정신을 잃고 쓰러진 거 같았다. 고혈압이 있는데 며칠간 약을 먹지 않은 탓도 있었다. 직원들이 다 퇴근하고 한참이 지나서야 순찰 중이던 건물 경비원이 발견했다. 응급조치할 수 있는 시간이 너무 지나 있었다.

병원을 밤새 네 군데나 돌아다닌 끝에 한 병원에서 겨우 수술을 받았다. 쓰러진 지 15시간이나 지체된 뒤였다. 너무 늦어서 마음의 준비를 해야 할지 모른다고 의사가 말했다. 수술은 잘 돼 살아나긴 했지만, 처남은 말을 못 하고, 몸도 움직이지 못했다. 한 달쯤 지나서야 사람을 조금씩 알아보는 정도였다. 아내의 오빠는 그렇게 10년을 누워있었다.

아내는 장롱 속에 넣어둔 조그만 종이상자를 가끔 꺼낸다. '흑마샤쓰[10]'라는 상표가 있는 오래된 상자다. 아내의 모든 추억이 거기 담겨있다. 어린 날 일기장과 편지, 생활기록부와 성적표, 그리고 갓난아기 때 네 식구가 찍은 빛바랜 사진…. 종이상자에는 아내의 가족사가 들어있었다.

장인 어르신과 장모님은 결혼한 지 13년 만에 아이를 어렵게 낳았다. 그렇게 태어난 귀한 아들이 처남이다. 그리고 3년 뒤 딸이 태어났다. 하지만 안타깝게도, 그 딸이 네 살 때 장인께서는 갑자기 생긴 병으로 돌아가셨다. 아내는 아버지의 얼굴조차 기억하지 못한다.

아내 고향은 강원도 태백이다. 장모님은 거기서 조그만 잡화상을 하며 남매를 키우셨다. 동네 꼬마들에게 과자와 장난감을 팔던 가게는 두 자녀가 서울에 있는 대학으로 유학 갈 수 있는 터전이었다. 장모님은 그 억척스러움으로 강원도에서 준 '장한 어머니'상을 받으셨다.

남매의 우애도 읍내에 소문날 정도로 남달랐다. 아내가 초등학교 5학년을 마칠 무렵, 오빠는 서울로 떠났다. 고등학교 진학을 위해서다. 같이 살다가 헤어진 오빠가 그리울 때 이 노래를 부르지 않았을까, 물었더니 그랬다고 한다.

---

10 흑마샤쓰: 1960년대 중반부터 와이샤쓰, 스웨터, 내의, 양말, 혁대, 장갑, 블라우스 등 흑마표로 피복류를 생산하던 회사 상품.

뜸북뜸북 뜸북새 논에서 울고,

뻐꾹뻐꾹 뻐꾹새 숲에서 울 제

우리 오빠 말 타고 서울 가시면,

비단 구두 사가지고 오신다더니.

〈오빠 생각〉이다. 어느 날 서울 간 오빠한테서, 비단 구두 같은 첫 편지가 날아왔다.

보고 싶은 내 동생에게.

오빠네 학교 화단에는 개나리가 만발해 온통 노랗고,

목련의 그 아름다움은 이루 말할 수가 없어.

참, 예쁜 내 동생이 이제 6학년이네. 착한 어린이가 분명하지.

그렇지?

엄마 말씀 잘 듣고 공부 잘하는 어린이가 되어야 해요.

잘 있어.

안녕, bye-bye.

- 1972년 4월 13일

서울에서 멋있는 오빠가.

이 편지에 나오는 '오빠네 학교 화단에 핀 목련'은 나도 보고 있었다. 그는 나와 같은 고등학교를 다닌 친구다. 선한 얼굴에, 나처럼 내성적인 편이었다. 훗날 내가 회사 다닐 때 화상을 입고 입원한 적이 있다. 그때 내 친구들을 엉겁결에 따라왔다가 꽃을 들고 병실에 들어서던 숙녀와 만나게 되는데, 바로 아내다. 그 인연으로 결혼까지 하게 됐으니 친구가 처남 매부가 된 경우다.

장모님은 30년 전, 손주가 초등학교에 들어가는 것도 보지 못한 채 돌아가셨다. 그때 아내와 처남이 받은 충격과 상실감은 컸다.

7년 전 여름, 아내의 고향 태백으로 가족 여행을 갔다. 처 이모님이 사시는 집에 묵었는데 거기 다락방은 아주 특별한 공간이었다. 장모님이 가게를 하시던 자리다. 오로지 아들과 딸을 그리며 인내하던 땀과 숨결이 배어있는 곳. 잘 일어서기도 힘든, 낮고 좁은 그 다락방에서 나는 혼자 이틀 밤을 잤다. 살아계실 때 잘 해드리지 못한 후회가 뒤늦게 밀려왔다.

낙엽이 쌓이던 2012년 늦가을, 처남은 부모님 계신 곳으로 떠났다. 오래 누워있던 병상에 하얀 천이 덮여 있었다. 13년 만에 태어난 귀한 아들은 행복을 제대로 누려보지 못하고 고통만 받다가 애달픈 인생을 마감했다. 아내의 오열이 그치지 않았다.

처남은 어쩌다 의식이 조금 돌아올 때, 잘 들리지 않는 소리로 이 노래를 부른 적이 있었다. 장모님 생전의 애창곡이다. 〈봄날은 간

다〉. 엄마와 아들의 한이 서려 있는 노래다.

> 연분홍 치마가 봄바람에 휘날리더라.
> 오늘도 옷고름 씹어가며
> 산제비 넘나드는 서낭당 길에
> 꽃이 피면 같이 웃고, 꽃이 지면 같이 울던
> 알뜰한 그 맹세에 봄날은 간다.

처남은 그래도 하늘나라에서는 미소를 지을 거란 생각이 든다. 그의 세 아들은 모두 대견한 청년으로 성장했다. 아빠가 병상에 있던 10년간, 그 애들이 견뎌내야 했던 아픔을 헤아리기가 힘들다. 그런 고난을 뚫고 스스로 학비를 벌어 대학 공부를 마쳤다. 그리고 안정된 직업을 가졌다. 큰아들이 지금도 두 동생을 챙기는 아빠 역할을 하고 있다. 아내는 그런 기특한 조카들을 보면서 위안을 받는다.

예순이 다 된 아내는 말한다. 어린 날, 엄마랑 오빠랑 셋이 오순도순 지냈을 때가 제일 행복했던 시간이라고. 그러면서 눈물을 또 글썽거린다. 장롱 깊은 곳에 그 낡고 헤진 종이상자를 애지중지 간직하는 까닭을 알 거 같다.

아일랜드에 이런 속담이 있다. '흐르는 눈물은 괴롭지만, 그보다 더 괴로운 건 흐르지 않는 눈물이다.' 어느 시인은 눈물을 작은 '생명체'라고 했다.

그래. 아내도 나도, 눈물이 솟아오르면 그냥 흘리는 게 좋겠다. 살아가는 건 팍팍한지 몰라도, 감정에 반응하는 눈물이란 생명체가 몸 안에 살아있으니.

- 동요 〈오빠 생각〉
  https://youtu.be/CVD0ksi72gA
- 백설희 〈봄날은 간다〉
  https://youtu.be/IpKoCaiCV-s
- 김정호 〈봄날은 간다〉
  https://youtu.be/mQ1oSamjsko

사람을 그리워한 비비안과 자야 누나

누구나 그런가. 내가 태어나서 여섯 살까지의 기억은 거의 없다. 근데 오래된 백열전구처럼 어쩌다 깜빡일 때 기억을 반짝 밝혀주는 사람이 있다.

아버지도 아니고 어머니도 아니다. 우리 집 가정부 겸 유모였던 '자야 누나'. 흔히 '식모'라고 했던 사람이다. 식모(食母)는 비하하는 말인데도 당시엔 별생각 없이 불린 거 같다. 전쟁 뒤의 고난이 만들어 낸 호칭일 수도 있다. 그들은 대부분 전쟁고아였다.

자야 누나. 미자 · 정자 · 순자처럼 그 무렵 여성들에게 흔했던 '자'로 끝나는 어떤 이름이었을 거다. 그 누나를 기억하게 하는 장면이 있다. 밤중에 나를 업고 어디론가 뛰어가고 있었다.

아버지한테 나중에 들은 바로는, 네 살 때 나는 심하게 수두를 앓았다고 한다. 자야 누나는 열이 펄펄 끓던 나를 업고 병원으로 달려가고 있었다. 그 장면만이 유독 또렷하다. 내가 부모의 이혼을 겪고 있을 때, 자야 누나는 다른 집으로 떠났다.

자야 누나 같은 사람이 미국에도 있었다. 2015년 아카데미상 후보에 올랐던 다큐멘터리 「비비안 마이어를 찾아서」의 주인공이다. 이 작품에는 내가 이전에 본 인물 다큐와는 사뭇 다른 강렬함이 있다. 진한 페이소스가 있는데 뭐라고 표현하기는 힘들다. 나는 그 주인공의 삶을 자세히 이야기할 가치가 있다고 여겼다.

「비비안 마이어를 찾아서」는 시카고의 한 동네 경매장에서 시작된다. 역사책을 쓰던 존 말루프라는 청년이 옛날 사진을 찾고 있다. 그는 필름 통이 담긴 상자 몇 개를 우리 돈 40만 원에 낙찰받았다. 돈이 많이 들지 않았으니 별 기대도 하지 않았다. 근데 2백 장 정도를 스캔해서 블로그에 띄웠더니 난리가 났다.

"이건 미친 사진이야."

"정말 끝내주는군."

"우와! 감탄밖에 안 나와."

이런 피드백에 고무된 존은 더 많은 사진을 현상해 뉴욕의 유명 사진작가와 평론가에게 보냈다. '이 사진 도대체 누가 찍은 건가, 입이 떡 벌어질 만큼 놀랍다.'는 반응이 왔다.

시카고의 유명 갤러리에서 첫 전시회를 열었다.

그 갤러리가 생긴 이래 최다의 관람객이 몰렸다. 신문과 방송에서도 큰 화젯거리였다.

사진엔 여러 군상의 삶이 들어있었는데 대체로 어두운 느낌이다. 거리의 부랑자, 저택의 하인들, 백인 소년의 구두를 닦는 흑인 소년, 나이가 많은 피에로.

사진을 전문적으로 볼 줄 모르는 내 눈으로도 뭔가 다르게 보였다. 인물이 사진 밖으로 튀어나와 말을 하는 거 같았다.

다큐 제작진은 사진 촬영자의 정체를 수소문하기 시작했다. 필름 외에, 한 트럭 분의 유품이 있었다. 옷과 신발, 쿠폰과 영수증. '비비

안 마이어'라는 그의 이름이 영수증에서 나왔다. 주소와 전화번호도 있었다. 비비안이 유모nanny로 살던 곳이다.

수소문해서 만난 사람들은 비슷한 말을 했다. 아이들에겐 다정했지만, 비밀이 많은 사람으로 기억했다. 방문을 늘 걸어 잠글 정도로 폐쇄적이고 자의식이 강했다는 거다.

비비안은 세상사에 관심이 많았다. 그는 사진과 함께 많은 분량의 동영상 필름을 남겼는데 이런 장면이 있다. 닉슨이 대통령 자리에서 탄핵당할 때 슈퍼마켓 시민들과 인터뷰를 한다.

"이번 일이 다른 정치인들한테도 경고가 될까요?"

그가 살던 도시에서 모녀 살인 사건이 일어나자 기자처럼 범인의 자취를 추적한 영상도 있다.

제작진은 비비안의 과거를 더 찾아냈다.

1926년 뉴욕 출생. 독일과 프랑스계 이민자의 딸. 스무 살 이전에, 부모가 잇따라 사망. 형제자매가 없고 결혼도 하지 않았다. 지하 봉제 공장에서 일하다가 바깥에서 숨 쉬고 싶어 유모 일을 했다는 증언이 있다. 그는 신문을 보면서 유달리 아동학대나 성폭력 사건에 적개심을 드러냈다. 어릴 때 무슨 상처를 입지 않았나, 짐작하는 사람도 있었다.

나이가 들어 비비안은 심한 강박증에 시달린다. 여기저기 아픈 곳이 많아졌을 때, 그는 오랜 유모 생활을 스스로 접고 떠난다. 언제 녹음한 건지 알 수 없지만, 자신의 육성 테이프가 남아있다. 그는 왜 누구도 들어주지 않을 이런 말을 남겼을까?

> 뭐든지 영원한 건 없어요. 차를 탔을 때 그런 걸 느껴요.
> 차에 앉아있다가 누가 타면 자리를 만들어줘야죠.
> 좌석 끝으로 가줘야, 다른 사람들이 와서 앉을 수 있잖아요.

말년에 비비안은 시카고의 빈민가에서 살았다. 동네 사람들은 쓰레기통에 던져진 인형을 들여다보던 그를 기억했다. 어느 겨울날, 비비안 마이어는 아무도 알지 못하고 슬퍼하지 않을 죽음을 맞는다.

다큐멘터리도 끝나가고 있었다. 크레딧 올라갈 때 엔딩 송을 깔았다면 여운이 더 있지 않을까, 하는 노래가 떠올랐다. 롤링 스톤즈가 부른 〈눈물이 멈출 때까지As tears go by〉. 애잔한 바이올린 소리가 인상적이다.

> 나는 아이들의 웃는 얼굴을 보고 있어.
> 하지만 나를 위해 웃는 건 아니야.
> 아이들 노래를 듣고 싶지만 들리는 건,
> 바닥에 떨어지는 빗방울 소리뿐이지.
> 나는 앉아서 아이들이 노는 걸 보고 있어.

눈물이 멈출 때까지.

누구의 관심도 받지 못하는 무수한 삶들이 주변에 있다. 투명인간처럼 지내며 자신만의 섬에서 외롭게 살아가는 사람들. 드라마 「나의 아저씨」가 생각났다.

비정규직 여성 노동자 이지안은 이어폰을 늘 귀에 꽂고 있었다. 사무실의 냉대를 차단하기 위해서다. 지안의 혈육은 병든 할머니뿐이다. 그에겐 할머니를 무차별 폭행하던 사채업자를 엉겁결에 죽게 했던 과거가 있다. 정당방위로 무죄가 되었지만, 그 전력이 계속 따라다녔다. 이 드라마 주제곡 〈어른〉은 지안의 짙은 어둠을 담고 있다.

이 넓은 세상에 혼자인 것처럼
아무도 내 맘을 보려 하지 않고.
이 오랜 슬픔이 그치긴 할까.
언젠가 한 번쯤 따스한 햇살이 내릴까.

사무실에서 지안을 사람으로 대한 유일한 사람이 있었다. 박동훈 부장. 회사 상사와 아내에게 동시에 배신당해 상처투성이다. 그런 박 부장이 지안에게 말한다.

"너도 행복해질 수 있어."

그리고 '나의 아저씨'는 지안에게 새롭게 살 수 있는 길을 열어준다. 따스한 햇살이 내리던 날, 지안은 요양원에 있는 할머니를 찾아간다.

"태어나서 사람이 뭐라는 걸 처음 알았어. 내가 아는 사람 중에도, 그런 사람이 있다는 게 정말 좋아."

지안은 오래 참았던 눈물을 흘린다.

비비안 마이어와 이지안은 고립된 섬에서 사람을 너무나 그리워한 사람들이다. 그들은 살면서 '우리We'라는 말을 한 번도 못 해본 건 아닐까. 나 어릴 때 자야 누나도 그랬을 거란 생각이 들었다.

▶ Rolling Stones 〈눈물이 멈출 때까지 As tears go by〉
https://youtu.be/H-R73Zy7bEM

▶ 손디아 〈어른〉
https://youtu.be/Chn34EAcJPk

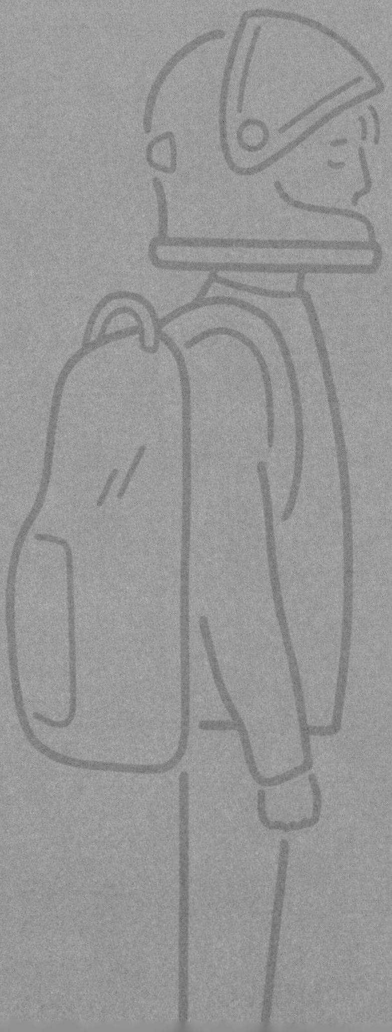

[Life in Music 5]

관계
그리고
상생한다는 것

사람은 상생하려고 생겨났다

나는 좋은 친구일까?

고맙고, 무서운 디지털 시대

아침에 눈 뜨면 시작되는
수많은 관계와 관계 속에서
잃어버린 영혼을 찾으려는 아픔이 들린다.
이편, 저편으로 갈라져 친구들이 사라지고
'혐오'를 비즈니스로 만드는 세상이다.

가진 사람, 그렇지 않은 사람이 함께 살고
다름을 서로 존중하는 게 상생相生이다.

사람은 상생하려고 생겨났다

아침에 현관 초인종이 울렸다. 위층 남자다.

"어젯밤에 시끄러웠죠. 우리 애 친구들이 놀러 와서 쿵쾅거렸을 텐데 죄송합니다."

아, 이렇게 좋은 이웃이 있다니…. 기분 좋게 엘리베이터를 탔다. 사람들이 웃으며 고개를 살짝 숙이거나 '안녕하세요.' 인사를 한다. 그전에는 내가 채 오르기도 전에 닫힘, 버튼을 '팍' 소리 나게 눌렀는데 웬일인가 싶었다.

편의점에 갔더니 앞서 들어가던 청년이 문을 잡아준다. 골목길을 걷다가 휴대전화를 보게 됐다. 느낌이 좀 이상해서 뒤돌아보니 차가 천천히 따라오고 있었다. 클랙슨을 빵, 누르지 않은 게 어색했다. 왜들 그러지? 갑자기 무슨 일이 있었나?

희망 섞인 상상이었지만, 잘 둘러보면 그런 사람이 많다. 타인을 배려하는 사람이 늘어난다면 세상은 걱정할 게 없다. 역지사지易地

思之로 처지 바꿔 생각하면, 층간 소음부터 으르렁거리는 정치판까지 시끄러울 게 뭐 있겠나. 사람 관계를 두려워하는 우리 집 아이들한테도 살기 좋은 세상이 될 거다.

역지사지의 기반은 공감(共感)이다. 상업적으로 워낙 남발되는 바람에 가치가 떨어져 보이지만, 공감은 진짜 좋은 말이다. 공감empathy은 속으로em와 느낌pathy의 합성어다. 다른 사람의 감정으로 들어가 본다는 뜻이다. 얘기를 나누지 않고도, 상대의 생각이나 느낌을 알아채고 헤아리는 게 공감이다.

TV 강연에 나온 어느 진화학자의 이야기가 와 닿았다. 같은 영장류지만, 침팬지와 인간의 결정적 차이가 있는데 바로 눈이라고 했다.

침팬지의 눈에는 보통 흰자위라고 하는 공막이 없다. 눈동자만 꽉 차 있다. 인간의 눈은 어떤가. 눈동자를 둘러싼 흰 공막이 크다. 그래서 눈동자가 어떻게 움직이는지, 즉 시선이 어디로 누구를 향하는지 알 수 있다. 그러니까 사람의 눈은, 말을 하지 않아도 서로 교감하고 공감할 수 있도록 설계됐다고 할 수 있다. 공감은 곧 상생으로 이어진다. 그런데 왜, 사람한테만 태생적으로 주어진 공감의 힘이 갈수록 떨어지고 상생으로 가는 길은 멀어지는 걸까.

나는 2007년 신년특집으로 2부작 다큐 「역지사지」를 제작한 적이 있다. 취재팀은 여러 가지 실험을 했는데, 인천공항 여자 화장실에서 있었던 장면이 기억에 남는다.

휴지를 딱 한 명이 쓸 분량만 걸어놓고, 화장실 이용자가 어떻게 반응하는지 관찰했다. 화장실을 나오면서 청소하는 아주머니에게 '휴지가 떨어졌네요.'라고 했던 사람은 100명 가운데 25명이었다. 적다고 볼 수도 있겠지만, 나는 뒷사람을 배려한 그들의 마음이 소중하다고 생각했다. 12년이 지난 지금, 같은 실험을 한다면 어떤 결과가 나올지 궁금하다.

그 다큐에서, 동료 윤능호 기자가 만든 「선생님의 얼굴」 편은 지금 봐도 감동적이다. 얼굴에 심한 화상을 입고 흉터가 크게 남은 여성이 있었다. 기간제 교사를 여러 군데 지원했지만, 면접에서 계속 떨어졌다. 그러다가 어느 중학교에서 겨우 자리를 얻었다.

그 선생님 얼굴을 처음 접한 날 당황했던 아이들의 감정이 조금씩 바뀌었다. 학년이 끝나고 헤어지는 날, 아이들은 저마다 쓴 편지와 선물을 준비했다. 떠나는 교사는 받은 편지를 하나하나 읽었다.

반장의 편지다.

"선생님, 첫날 저희 표정을 보고 실망하지 않으셨나요. 시간이 지나서야 선생님 마음이 어떨지 생각하게 됐어요. 죄송해요."

선생님도 아이들도 울고 있었다.

공감의 잠재력이 어떻게 드러나는지 보여주는 실험이 있다.

덴마크 TV에서 다양한 사람들을 스튜디오로 불러 모았다. 성별 연령 별로 골고루 섞여 있었다. 부자로 보이는 사람과 그렇지 않은 사람. 온몸에 문신한 험상궂은 어른과 수줍음을 타는 가냘픈 소년도 있었다. 처음 만난 그들은 잔뜩 경계하는 눈빛이었다.

사회자가 질문했다.

"학교 다닐 때 개구쟁이였던 분, 나와 보세요."

그러자 굳은 표정들이 슬슬 풀리기 시작했다. 춤을 좋아하는 사람, 실연을 겪은 사람, 따돌림을 당해본 사람, 외로움을 느끼는 사람까지 뭉칠 때쯤 되니 그들은 오래전부터 알던 사이처럼 친해져 있었다.

공감의 분위기만 만들어주면 닫혀있던 내가 '열린 우리'가 되고, 상생할 수 있다는 걸 입증해 보인 실험이다.

반면에 공감을 저해하는 건 뭔지, 힌트를 주는 영화가 있다.

「원더」는 선천적 안면 기형으로 고통을 겪는 초등학생 이야기다. 주인공 '어기'는 스물일곱 번이나 성형수술을 받았다. 그런데도 아이들이 괴물을 보듯 피하는 바람에 날마다 눈물을 흘린다. 그나마 유일하게 놀아주는 '잭'이라는 친구가 있다.

학교에서 핼러윈 데이 행사가 열렸다.

어기는 가면을 쓴 채, 잭이 있는 교실에 갔다가 큰 충격을 받는다. 잭한테 다른 아이들이 묻고 있었다.

"너는 왜 어기랑 놀아주는 거니?"

그랬더니,

"교장 선생님 부탁이라서 할 수 없이 그러는 거야."

잭은 그때 가면을 쓰고 있던 어기가 교실에 있다는 걸 몰랐다.

잭의 진심은 뭘까?

그 애는 사실, 어기에 대한 동정심을 품고 있다. 근데 다른 아이들한테는 그걸 숨기고 싶었다. 잭, 자신도 어기와 한 묶음으로 따돌림을 당할까 봐 두려웠던 거다. 집단 속의 사람들 관계가 거기에 함축

돼 있다. 어느 집단이건 주류 쪽에 줄 서지 않으면, 지내기 힘들다는 것. 그런 곳에 공감과 상생이 싹틀 자리는 없다.

청년들이 좋아하는 가수, 카밀라 카베요가 부른 〈리얼 프렌즈Real friends〉. 진정한 친구들이 점점 사라지는 세태를 반영한 노래다.

> 왜 다들 이쪽저쪽으로 왔다 갔다 하지?
> 어디에 맞춰야 하는 거야?
> 사람들이 보내는 신호를 읽기에는
> 내가 너무 순진한가 봐.
> 내가 누군가를 알게 되자마자
> 그들의 속내가 바로 드러나.

유튜브에 올라와 있는 댓글이 씁쓸하다.

"이 노래에 공감하는 사람들이 많다는 게 슬픈 현실 아닌가요."

남을 따돌려야 내가 살고, 겉과 속이 다른 게 정상이라는 세상. 내 앞가림도 버겁다고 하는 세상에서 공감과 상생을 말하는 건 공허한지 모른다. 실험에서는 공감이 살아있다는 걸 보여줬지만, 실제 일상으로 끌어내기는 쉽지 않다.

〈슬픔이 기쁨에게〉란 시에서 정호승 시인은 '무관심한 너의 사랑을 위해, 흘릴 줄 모르는 너의 눈물을 위해… 기다림을 주겠다.'라고 했다. 하지만 속절없어 보이는 비관이 짙어진다. 지금 내 눈으로는 그렇다.

Camila Cabello 〈리얼 프렌즈 Real friends〉
https://youtu.be/9LYadDxcKgQ

나는 좋은 친구일까?

세바스찬은 서양의 남자 이름이다. 근데 내가 얘기하려는 세바스찬은 사람이 아니다. 애니메이션 영화 「인어공주」에 나오는 바닷가재다. 〈언더 더 씨Under the sea〉라는 유명한 노래를 불러서 아카데미 주제가상을 받았다. 세바스찬은 열대어 플라운더와 함께 인어공주를 늘 따라다닌다.

이 영화에 등장하는 인물(또는 동물)들의 관계를 보자.

에릭 왕자와 결혼하고 싶은 인어공주가 주인공이다. 그 꿈을 가로채려는 사악한 마법사 우르술라가 적대자다. 세바스찬은 우르술라의 덫에 걸린 인어공주가 위기를 벗어나 에릭 왕자와 사랑을 맺도록 하는 '조력자'로 나온다. 만약 세바스찬이라는 조연 또는 조력자가 없었다면? 좋은 노래를 못 듣는 정도가 아니라 영화의 감동과 재미를 느끼지 못했을 거다.

주인공을 괴롭히는 적대자는 갈등과 긴장을 유발한다. 조력자는 갈등을 해결해주는 역할을 하면서 이야기를 풍성하게 만든다. 주인공-적대자-조력자의 구도를 동화모델이라고 하는데 「백설 공주」도 그렇다. 악독한 계모 왕비가 적대자라면 일곱 난쟁이는 조력자다. 「신데렐라」의 조력자는 마술지팡이를 가진 요정이다.

영화와 드라마, 소설 등등의 거의 모든 콘텐츠는 동화모델을 벗어나지 않는다. 요즘 누구나 말하는 스토리텔링의 기본이다.

한류 드라마의 원조, 「대장금」의 인물 관계만 봐도 이해하기 쉽다. 요리 스승 한 상궁과 내금위 관리 민정호 같은 조력자가 없었다면 장금은 적대자들의 모함을 이겨내지 못했을 거다. 앞서 얘기했던 「나의 아저씨」도 동화모델 구도다. 투명인간처럼 지내던 파견노동자 이지안은 헌신적인 조력자, 박 부장 덕분에 악의 수렁에서 벗어나 새로운 삶을 찾는다.

「미스터 기간제」라는 드라마가 있다. 과장되긴 했지만, 극의 배경이 현실과 아주 거리가 멀진 않았다. 일그러져 가는 사람 관계의 축소판이라는 느낌도 들었다.

어느 사립학교에서 여고생 살인 사건이 일어나고, 같은 보육원 출신 남학생이 누명을 쓴다. 그 학교는 교사가 아니라 최상류층 집안 아이들이 지배하는 공간이다. 학교 재단과 결탁한 유력 정치인, 대형 로펌의 대표, 학원 재벌의 자식들이다.

그 애들은 만만해 보이는 교사에게 반말하는 건 예사고, 가난한 애들의 약점을 잡아 하인처럼 부려먹는다. 교내 아지트에서 자기네들만의 스펙 쌓기를 기획하고 은밀하게 실행한다. 부모가 살아가는 행태를 그대로 따라 하는 거 같았다.

그 애들과 부모들이 모두 살인 사건에 연루되었다. 살해된 여고생과 강제적 관계를 했던 정치인과 그의 아들이 주범이라는 게 드러난다. 사건을 담당하다가 그 학교 기간제 교사로 위장 잠입한 변호사가 누명 쓴 학생의 혐의를 벗겨주는 조력자다. 해킹 전문가 친구와 해고를 무릅쓴 여교사, 상류층 학부모와 학교 간의 카르텔을 파헤치는 기자도 조력자로 등장한다.

결말은 역시 권선징악이다.

그런데 현실 세계로 나오면 허무하다. 드라마에 등장하는 조력자들이 보이지 않는다. 기간제 교사로 잠입한 정의로운 변호사도, 「나의 아저씨」에서 이지안을 도우며 감동을 준 박 부장도 실제 세상에선 찾기 어렵다. 그걸 모를 리 없는 사람들은 드라마 속에서나 만나는 인물한테 감동하고 위안을 받는다.

스토리텔링은 드라마나 영화 같은 가상현실에만 있는 게 아니다. 자신의 인생 이야기를 하면, 그게 바로 스토리텔링이다. 누구나 삶의 주인공이고, 살다 보면 어떤 고난에 처한다. 거기엔 자신의 잘못도 있겠지만, 상황을 그렇게 몰고 간 적대자 또는 적대적 요소들이 있는 경우가 많다.

편의점 앞에서 듣게 된 택시 운전기사들 얘기가 그렇다. 같이 사업을 하자는 친구의 꼬임에 넘어가 사기를 당한 기사가 있었다. 투자한 돈을 날리게 된 그와 가족들은 큰 불행에 처했을 거다. 애초에 배신하려고 접근한 그 나쁜 친구가 인생의 명백한 적대자다.

치킨집을 운영하던 기사도 그렇다. 장사도 안 되는데 임대료는 치솟으니 결국 손을 들고 말았다. 개인적 원한이 맺힐 일은 아니지만, 그를 고난에 빠뜨린 삶의 적대자는 힘이 세고 상생 같은 건 모른다. 적대적인 부조리는 무겁고 복잡하다. '조물주 위에 건물주'라는 사람들의 탐욕과 횡포, 있으나 마나 이름이 무색한 임대차보호법, 그런 거엔 별 관심이 없어 보이는 정치인들, 현실과는 거리가 먼 자영업자 대책. 드라마에서처럼 그들을 구해줄 조력자는 없다. 그래서 진상 취객들한테 밤새 시달린 뒤 새벽녘 편의점의 맥주 한 잔으로 시름을 달래며 살아간다.

「인어공주」를 다시 생각한다.

디즈니의 애니메이션은 왕자와 결혼하는 좋은 결말이지만 안데르센의 원작 동화는 사랑을 이루지 못하는 슬픈 결말로 끝난다. 세바스찬 같은 조력자가 없기 때문일까. 현실은 디즈니의 영화보다 안데르센의 원작에 가깝다.

조력자가 사라지고 상생의 길이 멀어져 가는 시대.

그런 오늘의 인생 이야기들 대부분은 좋은 결말로 쉽게 가지 못하는, 미완의 스토리텔링이다.

음색이 따스한 제임스 테일러의 명곡, 〈너에겐 친구가 있어You've got a friend〉.

"아무것도 뜻대로 되지 않고 힘들 때 나를 불러줘. 그럼 네가 어디에 있든 바로 달려갈게."

이 노래가 나왔던 70년대보다, 그런 '친구friend'가 훨씬 희귀하고 소중해진 세상이다.

> 네가 올려다본 하늘에 어두운 구름이 가득하고,
> 북풍이 불어올 수도 있어.
> 냉혹한 사람들이 너에게 상처를 주고,
> 영혼을 빼앗아 갈지도 몰라.
> 그러면 어디에 있든,
> 내가 바로 달려가서 널 만날 수 있다는 걸 알잖니.

어느 미국 여성이 유튜브에 올린 댓글이 큰 공감을 얻었다. 이 노래 가사에 아빠의 애틋한 사랑이 담겨있었다.

"심장마비로 쓰러진 아빠가 병원에 누워 계셨다. 나는 휴대전화에 이어폰을 연결해 한쪽 줄은 아빠 귀에, 다른 줄은 내 귀에 꽂고

이 노래를 같이 들었다. 어릴 때 아빠가 들려줘서 처음 알게 된 노래다. 나는 의사 표현을 할 수 없던 아빠 얼굴을 바라보다가 울음이 터지고 말았다."

글을 읽으면서 가족이 생각났다. 아내가 시름에 잠겨있을 때, 아이들이 뜻대로 되는 일 없어 힘들 때, 나는 바로 달려갔던 친구였을까. 가족들 저마다 삶의 주인공인데, 가장 가까운 조력자라 할 수 있는 나는 그 역할을 제대로 해온 걸까.

오랜 친구나 동료들에게도 그렇다. 도움의 손길을 먼저 내밀기보다는 도움받을 생각만 한 건 아닌지, 나도 모르게 혹시 마음의 상처나 주진 않았는지 돌아보게 된다. 〈너에겐 친구가 있어You've got a friend〉를 다시 듣는다. 역시 울림이 좋다.

- James Taylor 〈너에겐 친구가 있어 You've got a friend〉
  https://youtu.be/dvvJ7MYaK8o
- Little Mermaid OST 〈언더 더 씨 Under the sea〉
  https://youtu.be/Fkusy4ylhiY

고맙고, 무서운 디지털 시대

"말없이 건네준 분홍빛 편지를 열어보던 가슴 설렘은 유물이 되었습니다. 보이는 눈빛 대신, 보이지 않는 손놀림으로 감정을 주고받는 온라인 대화 시대. 인정人情과 감동이 사위어 가는 디지털 시대에, 여러분은 얼마나 행복해지셨나요?"

2011년에 내가 쓴 「타임」이라는 다큐멘터리 기획안의 한 대목이다. 숨 가쁘게 달려온 지난 50년 세월에 쉼표 한번 찍어보자, 디지털 시대 속에 사라져가는 아날로그의 순정純情을 소환해보자, 뭐 그런 뜻이다.

하지만 지금 시간에는, 내가 했던 그 말이 와 닿지 않는다. 디지털이 좋다. 자판을 치면 바로 글이 나오는 컴퓨터만 해도 내 분신처럼 느껴진다. 맞춤법 틀리면 빨간 밑줄을 쫙 쳐주고 맥락을 다듬을 땐 마우스만 클릭하면 되니, 이 비선형의 세계가 얼마나 고마운가. "이런 표현은 좀 별론데" 글을 감수하고 있는 아내가 말하면 금방 수정을 해버린다. 그래서 아내 얼굴에 미소가 번지니, 이 얼마나 좋은 일인가.

옛날처럼 원고지에 썼다면 어땠을까. 글이 안 써지는 날엔, 일필휘지가 아니라 일필 휴지를 많이 만들었을 거다. 어떤 유명작가처럼 연필로 썼다면, 지우개를 감당할 수 없었을 테고.

상전벽해로 진화하고 인공지능(AI)이 보편화한 디지털 세상. 마법 같은 스마트폰 시대가 선사한 편리함을 다 열거할 필요는 없다. 아침마다 나를 찾아주는 카톡방부터 고맙다. 좋은 정보, 지금 이 순간의 소중함Carpe diem을 일러주는 지혜가 건조한 일상의 허전함을 달랜다. 내가 아날로그 시대에 60대를 맞았다면 뭘 하고 있을까, 외로움을 타다가 빨리 늙지 않았을까, 생각도 해본다.

그런데, 얻는 것만큼 잃는 게 있다는 것은 만고의 진리인가. SNS의 온라인 세상은 오프라인 세상보다 거칠다. 아름다운 광경만 보이는 바다가 아니다.

피라니아처럼 누군가를 물고 뜯어서 뼈만 남기는 사람들만 득실대는 사이트, 갈수록 포악해지는 포탈의 댓글 같은 건 논외로 하자. 알 만한 사람들끼리 모인 곳마저 그악스러움이 번져 간다. 암묵적인 금기인데도 자신의 극단적 성향을 드러내고, 동조할 기미가 안 보이면 화를 낼 것처럼 보인다. 너무한다 싶어도, 그냥 원만하게 지내고 싶은 이들에겐 그 공간에서 나가기조차 두려운 일이다.

SNS는 고독과 소외를 벗어나려는 몸부림, 서로 공감하면서 관심도 받았으면 하는 바람들이 모인 곳이다. 관심을 끌고 싶은 욕구는 누구한테나 있고 나도 그렇다.

언젠가 페이스북에 뭔가를 올렸다가 반응이 별로여서 머쓱할 때가 있었다. '좋아요'를 많이 받는 이들을 부러워하는 나의 도량이 좁음을 느꼈다. 나는 게시를 하기보다는, 다른 사람이 올린 좋은 글에 좋아요, 공감을 표하면서 만족감을 얻는다. 그가 느낄 일상의 소소한 기쁨에 작은 보탬이라도 주자는 뜻이다.

작은딸은 사진을 찍어서 가끔 인스타그램에 올린다. 좋아요, 숫자에 따라 얼굴의 명암이 갈린다. 그 애는 DEAN이 부른 〈인스타그램〉을 좋아한다. 음원 시장에 나오자마자 차트를 '올 킬'한 걸 보면 공감하는 사람들이 많은가 보다. 스마트폰의 네모난 바다, SNS 속에서 오히려 고독과 소외를 느낀다는 노래다.

> 잘난 사람 많고 많지.
> 누군 어디를 놀러 갔다지.
> 내 마음에는 구멍이 있어.
> 그건 무엇으로도 못 채우는 거.
> 난 지금 가라앉는 중인걸
> 네모난 바닷속에서.

엉뚱한 상상을 또 해본다.

내가 만일, 디지털 시대에 청춘을 맞았다면 어떻게 지낼까. 70년대에는 안 풀렸던 '청춘사업'은 잘 되고 있을까. 공중전화 박스에서 번호판과 씨름을 하거나 편지 보내면서 답장이 올까, 가슴 졸이는 일도 없을 거다.

그러면, 드라마에서 본 연인들 간의 문자 주고받기를 나는 얼마나 잘 할지 생각해 본다.

"지금 뭐 해?"

문자가 오면 어떻게 해야 하나. "뭐하기는, 문자보고 있지."

이러진 않겠지만 뭔가 오글거리는 문자로 살살거려야 할 텐데 그런 체질이 아니다. 게다가 밀고 당기는 밀당의 재간도 끈기도 없다. 디지털 시대에 더 헤매고 있을 게 분명하다.

「그녀Her」는 인공지능 OS운영체계 여자가 나오는 영화다. 연애편지를 써주는 대필 작가인 주인공 테오도르는 이혼의 상처를 입고 외롭게 살아간다. 그러다가 새로 출시된 OS에서 '사만다'라는 인공지능 여자를 만난다. 자신의 아픈 마음을 읽고 쓰다듬어 주는 그녀에게 푹 빠진다. 그전에는 못 느꼈던 감정이다.

어느 날, 테오도르는 혹시나 해서 사만다에게 묻는다.

"나 말고, 사귀는 남자가 또 있나요?"

그랬더니 사만다는 무심하게 말한다.

"8,316명과 동시 접속하고, 그중에 641명과는 깊은 대화를 나누고 있어요."

테오도르는 엄청난 충격을 받고 눈물을 흘린다.

격하게 감정이입이 되면서, 나도 같은 심정 속에 빠져들었다.

인공지능의 디지털 시대가 점점 진화하면 막장의 미래가 올지 모른다, 상생은커녕 공멸로 간다는 걸 경고한 영국 드라마가 있다. 넷플릭스의 오리지널 시리즈 「블랙 미러Black Mirror」 첫 편, 「Nose dive」. 급강하 또는 곤두박질한다는 뜻이다.

이 사회에선 모두가 의무적으로 특수 렌즈를 껴야 한다. 누군가를 접촉하는 순간, 상대의 평점이 바로 보인다. 지나는 사람이건, 커피숍 종업원이건 마주치는 사람마다 서로 평점을 매긴다. 5.0이 만점, 4.5는 넘어야 어디 가서 대우를 받는다.

주인공 여성 레이시는 현재 4.2인 평점을 올리기 위해 틈만 나면 거울 앞에서 웃는 연습을 한다. 평점 컨설턴트는 그에게 4.6이 넘는 사람들과 교류해야 점수가 올라간다는 팁을 준다. 찾다 보니 고등학교 때 친구가 4.8이었다. 마침 그 친구한테서 결혼식 초청을 받게 되는데 사실은 학교 다닐 때 레이시를 따돌리고 남자친구도 가로채 상처를 준, 인생의 적대자다. 그래도 굴욕을 무릅쓰고 그를 찾아 나선다.

레이시의 곤두박질은 공항 데스크에서 시작된다. 항공사 직원이 그 평점으론 좌석을 구할 수 없다고 말한다. 어이가 없어 항의하고 보안관이 달려와 공항에서 쫓겨나는 동안, 평점이 막 떨어진다.

만신창이가 되어, 친구 결혼식장에 도착한 레이시는 자포자기 상태다. 친구의 위선과 비밀을 다 까발리고 욕설까지 퍼붓는다. 시청하던 나는 속이 시원했지만 극 중의 레이시는 경찰에 체포된다. 그리고 평점이 1.0으로 급전직하, 사회생활을 할 수 없는 파멸에 이른다.

바른말을 해선 안 되고 위선을 떨어야 유지되는 관계, 어떤 집단에서건 순응해야만 살 수 있는 사회를 그렸다. 근데 꼭 미래가 아니라 현재를 은유하는 느낌도 들었다.

얘기하다 보니 8년 전에 썼던 글을 다시 보게 된다.

"가슴 설렘과 기다림은 유물이 되었고, 인정과 감동이 점점 사위어 간다. 디지털 시대에도 아날로그의 순정을 잊지는 말자."

지금도 유효한 말이고, 앞으로 더 절실해질 거란 예감이 온다. 여러 가수가 부른 〈기억을 떠올려 봐요Try to remember〉는 50년이 지나도 여전한 애창곡이다.

기억을 떠올려 봐요.
삶은 여유롭고 인정이 그윽했던 그때를.
버드나무 말고는, 아무도 고개 숙여 눈물 흘리지 않던 그때를.
기억을 떠올려 봐요.
그대 머리맡에 꿈을 간직하던 그때를.

- Brothers four 〈기억을 떠올려 봐요 Try to remember〉
  https://youtu.be/LUZpjW7QHGo
- DEAN 〈인스타그램〉
  https://youtu.be/LYZ7gdFkmcs

[Life in Music 6]

전성기를
넘어
들판에 서다

참 좋은 날, 2580에서 걷던 길
뉴욕에서 본 천의 얼굴, 미국
그들의 꿈은 어찌 되었을까.
하얗게 지워버리고 싶은 날
낯선 바람이 부는 들판

누구에게나 인생의 전성기가 있다.
내게도 참 좋은 시절이 있었다.
열정적으로 일해도 지치지 않던 그때
세상을 보는 통찰insight의 눈도 깊어졌다.

전성기 너머에는 내리막길이 있다.
회사 생활 후반기, 나는 다시 굴레를 쓰게 된다.
핍박과 모멸이 있었지만
가슴에 쌓아 두고 싶진 않았다.

예순이 지나면 차분히 관조觀照의 길을 찾는 게 옳다.
관조는 그러나 내게는 아직 멀어 보인다.

참 좋은 날, 2580에서 걷던 길

나는 통념을 벗어난 기자의 길을 걸었다. 34년 6개월에 이르는 방송기자 경력을 들여다보면 이상한 대목이 있다. 내가 출입했던 기관, 즉 출입처가 딱 두 군데뿐이다. 서울시청과 환경처, 그 기간도 1990년을 전후로 2년 남짓이다.

왜 그럴까. 앞으로 되돌려보면, 5공 때는 프로야구 취재를 오래 했고 노조 사무실에서 2년간 전임했다. 그 뒤엔 「시사매거진 2580」을 제작하다가 특파원으로 나갔다오니 보직 간부 연조에 접어들었다. 그리고 입사 5년 차부터 간헐적으로 연출한 다큐멘터리가 열네 편에 이른다. 기자였는지 PD였는지, 헷갈리는 경력이다.

어쨌든 두 번째이자 마지막 출입처였던 환경처(지금의 환경부) 기자를 하던 92년, 브라질에서 열린 유엔 환경회의를 취재했다. 80개국 정상들이 모인 초대형 이벤트였는데 앙숙이던 미국의 부시와 쿠바의 카스트로도 볼 수 있었다.

거기서 나는 의외의 반가운 인물을 만나 인터뷰를 했다. 환경운동가였던 가수, 존 덴버. 그는 나를 모르지만, 나는 그와 또 다른 인연이 있었다.

나는 존 덴버의 〈Back home again〉을 '내 마음의 고향'으로 번안해, 제1회(1977년) 대학가요제에 출전했었다. 본선까지 갔으면 좋았으련만 2차 예선에서 탈락했다. 훗날 후배들이 나를 다른 이에게 소개할 때 "대학가요제에도 나간 분이에요." 하면 "아뇨, 본선에는 못 갔어요." 정정을 해주곤 했다. 근데 이젠 나이를 먹어 뻔뻔해진 건지, 같은 얘기가 나오면 "아, 네. 뭐 그냥…." 하면서 얼버무리고 만다.

그런 인연이 있던 존 덴버는 나와 인터뷰를 하고 5년 뒤, 경비행기 추락사고로 숨졌다. 그때가 쉰다섯, 좋아했으나 비극적으로 세상을 떠난 '나의 인물' 가운데 하나다.

브라질에 다녀온 나는 짧은 뉴스가 아닌, 긴 콘텐츠를 만드는 길에 본격적으로 들어섰다. 그때 만든 「광주, 1993년 5월」은 5공의 부끄러운 기자였던 내 죄의식을 조금은 덜어줬다. 다큐멘터리는 나주정신병원에 있는 어느 시민운동가의 퀭한 눈에서 시작된다. 5·18 때, 모진 고문을 당한 그는 기억을 잃은 채 소리 없는 신음을 내고 있었다.

그렇게 13년 고통의 세월이 흘렀다. 창살을 잡고 서 있는 남편의 앙상한 얼굴을 바라보며 부인은 말했다. 이젠 다 말라버려서 흘러

내릴 눈물이 없다고. 그들을 처음 본 순간의 먹먹했던 기억이 지워지지 않았다.

내가 다큐멘터리에 탐닉하게 된 데에는 두 선배 기자의 영향이 컸다. 제작의 스승이라 할 수 있는 김종오, 김승한 선배. 섬세한 감성에서 우러난 필력과 깊은 통찰로 다큐의 새로운 경지를 개척한 분들이다. 「그때를 아십니까」, 「임란 4백 년- 다시 보는 일본」 시리즈는 지금 봐도 교과서 같은 명작이다.

그런 선배들이 축적한 자산을 기반으로, 「시사매거진 2580」이란 새 프로그램이 기획되었다. 내가 꿈꾸던 이상향이었다. 전성기가 언제냐 묻는다면 「2580」 깃발을 꽂은 94년부터다. 가장 열정적으로 일하던 그때, 제작을 지휘했던 부장이 김종오 선배다. 그로부터 10년이 지난 뒤, 그가 「2580」이 출범할 때를 회고한 글이다.

> 일요일 방송을 가까이 앞두고 밤샘하던 누구들 책걸상 위 맨발과 양말과 라면과 담배는 그러나 제목 없는 정물화처럼 지금도 깊숙한 여운을 불러일으킵니다. 2580이 걷고자 했던 길은, 쉽고 조용하게 다가와 세상을 깊게 이르고 그리고는 작은 걸음으로 흥을 내어 되돌아가는 것이었습니다.
>
> _「2580」 방송 10주년 기념문집 중에서, 2004년 9월.

이 글에는 프로그램이 추구했던 특성과 색조, 정서와 리듬이 들어있다. 그때 제작진의 숙제는 기존의 시사 고발 프로와는 뭔가 달라야 한다는 것이다. 달라야 하는 그 '뭔가'는 도대체 뭔가. 제작진은 토론을 거듭한 끝에 「2580」의 가이드라인과 기본 레시피를 도출했다.

15분짜리 '미니 다큐' 3편으로 구성한다.

강력하면서 실험적인 기법의 고발, 약자들의 고난과 그 뒤에 숨은 부조리 추적, 재미있고 의미도 있는 세태와 풍속 스케치. 그런

이야기들로 하드와 소프트를 적절히 배합한다.

영화에 비유하자면 하드보일드와 스릴러, 사회성 짙은 느와르, 감동적인 휴먼 드라마 장르를 다 녹여 보자는 것이었다. 프로그램 이름은 동료 임흥식 기자의 아이디어다. 2580은 전화번호판, 가운데 위아래로 쭉 내려가는 숫자다. 제보 전화를 걸기 쉽게 하자는 의도를 담았다.

제작의 진용이 짜였다. 데스크를 함께할 두 동료는 내가 갖지 못한 좋은 덕목을 갖고 있었다. 그리고 다양한 레시피를 구현할, 저마다 개성이 튀는 기자들이 모였다.

저돌적인 사람, 이면을 들추기 좋아하는 사람, 문학적 감성이 번뜩이는 사람들이 섞여 있었다. 비주얼 스토리텔링을 잘 구사하는 베테랑 영상기자, 기자들만큼 기여도가 큰 조연출 후배들도 모였다.

94년 2월 27일 밤 9시 30분, 사무실에는 담배 연기가 자욱했다. 2580을 누르면 사이렌 소리가 나는 타이틀 음악이 울렸다. 다들 가슴 졸인 가운데 첫 방송을 내보냈다. 전화가 울리기 시작했다. 뭔가 좋은 예감이 들었다.

다음 날 아침 나는 입시발표를 보러온 수험생처럼 조마조마, 사무실에 들어섰다. 왁자지껄 떠들고 웃고 야단법석이었다. 시청률 24%. 같은 시간대 1위는 물론, 인기드라마와 거의 맞먹는 수치였다. 그 후로 30%를 가끔 넘어서면서, 장르를 통틀어 '주간 시청률

베스트 10'에 여러 번 올랐다. 신문의 방송 비평에서는 '아주 새로운 시사 프로그램의 탄생'이라는 호평이 이어졌다.

지금도 난, 그때 시청자의 마음을 끌어당긴 힘이 뭔지 잘 짚어내지 못하겠다. 다만, 다른 시사프로와 구별되는 특징이 있던 건 분명하다. '사람은 누구나 존엄하다'라는 메시지를, 짧은 영화처럼 감동적인 서사로 빚어낸 이야기가 많았다.

남루해 보여도 당당하게 살아가는 달동네 사람들, 버리고 간 엄마를 하염없이 기다리는 보육원 아이들, 하루하루 치열하게 살다가 호스피스 병동에서 죽음을 맞게 된 40대 여성의 삶이 그랬다. 구두닦이 소년이 청년 변호사가 되기까지 걸어온 길에는 미담을 넘은 '뭔가'가 있었고, 외모로 사람 차별하는 세태를 풍자한 '감추고 싶은 진실'에는 긴 울림이 있었다.

비율로 보면, 강하고 묵직한 고발 리포트가 더 많았다. 어떤 병원에 드나든 최고위층 아들의 영상은 권력형 게이트가 드러나는 실마리가 됐다. 재벌의 변칙 상속 실태를 처음 들춰내기도 했는데, 이 보도를 놓고 회사가 들썩거렸다. 그 재벌이 최대의 광고주였기 때문이다. 결국은 외압을 이겨내고 방송에 내보낼 수 있었다.

40년간 은폐된 '노근리 학살' 폭로는 특종을 내세운 AP통신보다 2년 앞선 리포트였다. 안기부의 북풍 공작도 처음 보도했다. 전자오락실에 얽힌 조폭과 경찰의 유착, 매향리 미군 사격장 주민들의 고통, LA로 간 'IMF 걸'의 실체, 83년 소련에서 격추된 KAL 007기 미스터리를 파헤친 집요함도 특별했다.

토요일 밤, 녹화 스튜디오는 늘 북적거렸다. 그 주간의 담당이 아닌 동료들도 남아있었는데 끝나면 같이 한잔할 요량이었다.

호프집에서 시작된 술자리는 파랗게 동트는 포장마차에서 파하곤 했다. 메리 홉킨의 노래 〈그 옛날이 좋았지Those were the days〉에는, 밤을 지새우게 했던 우리들의 열기가 그대로 담겨있다.

> 그 옛날, 선술집이 있었지.
> 우리가 술잔을 들고 부딪치던 거기.
> 웃고 떠들던 그때를 기억하나.
> 성취했던 좋은 일들을 생각해 보게.
> 우린 세상과 싸웠고 진 적이 없었어.
> 젊고 확신에 차 있었지.
> 친구여, 참 좋은 시절이었네.
> 그런 날이 끝없이 갈 줄 알았어.

「시사매거진 2580」은 사라진 프로그램이다. 어쩔 수 없이 수명을 다한 거 같았다. '세상을 깊게 이르고, 작은 걸음으로 홍을 내어 돌아갈' 여유가 없는 시대엔 맞지 않아 보인다. 씁쓸해도 그게 현실이다. 끝없이 갈 수 없었던 '좋은 시절'은 24년을 함께한 제작진에게 많은 추억과 그리움을 남겼다.

- Mary Hopkin 〈그 옛날이 좋았지 Those were the days〉
  https://youtu.be/QptZ8tYZAkE
- John Denver 〈백 홈 어게인 Back home again〉
  https://youtu.be/wPndmL6Hfls

뉴욕에서 본 천의 얼굴, 미국

98년 6월 26일, 나는 가족과 함께 뉴욕행 비행기에 올랐다. 특파원으로 발령 났던 날의 설렘은 이미 사라졌다. 미국 땅 밟기 직전의 머릿속은 혼란함으로 가득했다.

미국은 내게 무엇이었나. 미군 부대에서 흘러나온 허쉬 초콜릿을 처음 손에 쥔 순간, 미제에서 풍기던 판타지가 어린 내 마음을 사로잡았다. 극장에 들어서면 시네마스코프CinemaScope11의 장대한 화면과 음향이 내 온몸을 빨아들였고, 미제 전축이 뿜어내던 엘비스 프레슬리의 로큰롤은 사춘기의 뛰는 가슴을 흔들었다.

그런데 어른이 되면서 미국의 다른 얼굴이 내 눈에 나타났다. 심한 빈부격차와 인종차별은 오래된 유산이었다. 출몰하는 적敵과 공

---

11 시네마스코프(CinemaScope); 와이드 스크린(wide screen) 방식의 대형 영화. 1950년대 할리우드가 영화 산업에 닥친 위기를 돌파하려는 방안으로 고안했다. 애너모픽 렌즈(anamorphic lens)를 일반 렌즈 앞에 장착해 촬영한 후 화상을 옆으로 늘리는 원리를 이용한다.

포는 나라를 지탱하는 수단처럼 보였고, 전쟁 뒤에는 석유 기업과 군산복합체의 그림자가 어른거렸다.

그런 나라의 한복판에 내가 들어서고 있었다. 3년간 특파원으로 미국의 맨얼굴을 보게 된 거다. 네 번째 미국 방문이지만 뉴욕은 처음이었다. 처음 출근하던 날의 맨해튼 거리는 어질어질했다. 뭐가 그리 바쁜지, 덩치 큰 뉴요커들의 잰걸음을 따라가다가 현기증이 더 심해졌다.

무슨 리포트로 문을 여나, 강박감이 오기 시작했다. 초기엔 주로 금융시장과 문화계 뉴스를 다루었다. 조금 지난 뒤에는 이런 건 배우자, 하는 리포트를 많이 했다. 이를테면 '시랜드 어린이 캠프 화재 참사'가 났을 때, 미국의 아동 안전시스템을 들여다본 뉴스다.

가족들에게는 더 거대하게 다가와 낯선 도시였다. 그래도 그 다채로움과 풍성함을 빨리 흡수하고 있었다. 학교생활도 기대 이상인지, 아이들 얼굴이 환하게 펴졌다.

그러다가 미국의 딴 얼굴과 처음 마주치게 되는데 의료보험이다. 회사의 지원을 받긴 했지만 한 달 보험료가 우리 돈, 백만 원이 넘었다. 그런 큰돈을 내는데도 병원에 자유롭게 갈 수도 없었다. 아내가 어깨 통증으로 물리치료를 두 번 받았다가 보험사가 보낸 경고장을 받았다. 같은 진료의 회수가 제한돼 있다는 거다.

도대체 왜 이러나, 미국에 오래 산 교민 친구한테 물었다.

"그게 그래. 항의해봤자 소용없어. 정치인들한테 로비 잘하는 보험업계가 워낙 세니까. 제약사나 병원도 그렇고. 앞으로 그런 일이 많을 거야."

진짜 그런 일이 많았다.

그 무렵 나는 미국의 어두운 뒷길을 비추기 시작했다. 앞에 나온 다큐 「비비안 마이어를 찾아서」 대목에서 빠진 얘기가 있다. 나이 들면서 아픈 데가 많았던 비비안은 병원에 가보라는 주인한테 이렇게 말한다.

"나처럼 가난한 사람은 마음대로 아프지도, 죽지도 못해요."

맞는 말이었다. 미국의 하위 계층 20%는 돈이 없어서 의료보험에 가입조차 못 했다. 그 실태를 담은 리포트가 서울로 전송되자 놀랍다는 반응이었다.

병원에서 의료사고로 숨지는 사람이 교통사고 사망자보다 많다는 사실도 보도했다.

99년에는, 컬럼바인 고등학교에서 일어난 총기 난사 사건을 전했다. 아이들 열네 명이 목숨을 잃었지만, 총기 규제의 소리가 잠깐 나오다가 이내 사라지고 말았다.

이해할 수 없는 미국의 실체를 들추었지만, 맹목적 친미에 젖은 사람들 눈에는 '반미 특파원'으로 보였을지 모른다.

내가 좋아하는 배우, 로버트 레드포드가 주연한 「콘돌」이란 영화가 있다.

CIA가 해외에서 벌이는 비밀공작이 나오는데 극 중의 수법이 실제와 똑같다는 걸 알았다. 조지 워싱턴대학이 입수한 어떤 비밀문서를 보다가 그야말로 입이 떡 벌어졌다.

73년 칠레 아옌데 정부가 전복되기 직전, CIA 본부에서 칠레 지부로 보낸 전문이다.

어선으로 가장한 선박에 캘리버 50 기관총을 실어 보낼 테니, 칠레의 한 장군을 제거하라는 지령이었다. 미국에 협조하지 않는 슈나이더 대장을 암살하라는 건데 그대로 실행되었다. 나는 '피노체트가 일으킨 칠레 쿠데타의 실제 지휘자는 미국의 닉슨과 키신저'

라는 리포트를 전송했다. 충격이었는지, 9시 〈뉴스데스크〉에 톱뉴스로 나왔다. 이어서 한국전 당시, 미군 전투기가 민간인 피난 행렬을 향해 무차별 기총소사하는 영상을 독점 보도했다. 전투기 하단에 부착된 동영상 카메라Gun camera 필름을 내셔널 아카이브[12]에서 찾아낸 덕분이다.

인종차별 같은 건 미국에 오자마자 금방 익숙해졌지만 이런 일이 있었다.

플로리다로 출장 가던 날이다. 애틀랜타에서 비행기를 갈아타는데 밤이 늦어서 하룻밤을 묵어야 했다. 항공사 직원이 승객들에게 숙박권을 나눠주었다. 바로 앞에 줄 서 있던 백인이 별 네 개짜리 호텔 티켓을 받는 걸 뻔히 봤는데, 내 일행에게는 모텔처럼 후진 호텔의 티켓을 건넸다. 항공권 좌석의 급이 같은데도 호텔을 차별한 거다.

우리 뉴욕지사 코디네이터가 나섰다.

그는 키가 190cm에 가깝고, 몸무게 100kg이 넘는 헤비급이다. 아홉 살 때 이민 온 그는 뉴욕 퀸즈의 험한 동네에서 산전수전을 다 겪었다. 거친 바닥에서 성장기를 보내다가 대학갈 무렵 마음잡았

---

12 내셔널 아카이브(National Archives); 미국 정부 기관의 모든 문서와 사진, 동영상 자료 등이 보관된 곳으로 워싱턴 D.C.에 소재한다. 일정 기간이 지나면, 문서와 자료가 비밀 해제된다.

던 청년이다.

그가 카운터 직원한테 바짝 다가서더니 속사포를 쏘아댔다. 'f'로 시작하는 욕이 문장 하나에 서너 번씩 들어갔다. 얼굴이 벌게진 직원이 냉큼, 별 네 개짜리 숙박권을 내줬다. 나는 너무나 통쾌해서 웃음이 터져 나오는 걸 겨우 참았다.

미국 온 지 2년쯤 지났을 때, 허리케인이 동부 지역을 덮쳤다. 며칠간 집중호우가 쏟아져서 우리 집 천장이 샐 정도였다. 빗속을 뚫고 맨해튼 사무실에 나갔더니 아무 일도 할 수 없었다. 유선, 무선전화가 전부 불통이고 인터넷도 먹통이었다. 위성 전화를 빌려서 서울 사무실과 통화를 했다. 어쩔 수 없는 지경이란 걸 들은 본사에서는 당분간 그냥 쉬라고 했다. 덕분에 나는 사흘간 발 뻗고 지낼 수 있었다.

원인은 간단했다. 뉴욕과 뉴저지 일대에 매설한 지하 통신선이 물에 잠겼다는 거다. 그래도 그렇지, 초강대국하고도 그 중심지 뉴욕에서 사흘이나 통신이 마비되다니. 더 놀라운 건 미국 언론의 태도다. 문제 제기는커녕 사실 보도조차 제대로 하지 않았다. 시민들도 뭐 어쩔 수 없는 거 아니냐는 표정이었다. 전쟁을 여러 번 치르다가 부지불식간에 순치돼 버린 게 아닐까, 생각이 들었다.

그 20년 뒤, 맨해튼에서 밤중에 일어난 정전으로 또 한바탕의 소동이 5시간이나 이어졌다. 지하철이 서버리고, 엘리베이터를 탄 사람들이 갇혀버렸다. 변압기 화재 때문이라고 했지만 역시 이해할 수 없었다. 다른 나라 언론들이 조롱하는 동안, 미국 신문은 전기가 들어온 뒤 뉴욕시장과 시민들이 함께 환호하는 사진을 실었다. 바뀐 게 없었다.

이연실의 〈소낙비〉란 70년대 노래가 있는데 그 원곡은 밥 딜런의 〈세찬 비가 쏟아지려고 하네A hard rain's a-gonna fall.〉이다.

미국 사회의 병폐를 덮으려고 공포를 만들어 내는 실상을 꼬집었다. 50년이 지나서 젊은 가수 제이슨 므라즈가 이 노래를 리메이크했다. 노벨문학상을 받은 대선배에게 헌정하는 뜻만은 아닌 거 같다. 예나 지금이나 그 'hard rain'을 불러오는 미국의 지배층은 여전하다는 걸로 들린다.

만 명의 사람들이 소곤대고 있는 걸,
아무도 들으려 하지 않네.
누군가 굶주리고 있을 때,
많은 이들이 키득거리고 있지.
빈민가에서 죽어가는 시인의 노래,
골목에서 울부짖는 광대의 소리.
세찬 비, 세찬 비가 쏟아지려고 하네.

미국은 천의 얼굴 속에, 이 세상 모든 종류의 부조리를 온전히 품고 있는 나라다. 상위 5%가 중하위 95%를 지배하는 메커니즘이 미국만큼 잘 작동하는 나라는 없다. 고단한 맞벌이를 하지 않고는 살기 힘든 중산층과 하위 계층에 대해서, 5%의 상류 엘리트층은 관심조차 없다.

그런데도 미국의 나라 경제는 쉽게 망할 거 같지 않다. 여전히 강한 나라다. 맞설만한 거인, 중국이 휘청거리고 있는 데다가 엄청난 양의 셰일가스도 있으니 말이다.

20년 전 나의 뉴욕발 리포트가 미국의 어두운 얼굴만 비친 건 아니다. 밝은 뉴스가 적지 않았다. 난 오늘도 미국의 거대 엔터테인먼트산업이 제공한 영화와 노래로 일상의 작은 즐거움을 찾는다. 미국의 IT 기술로 진화한 디지털 시대의 윤택함도 누리고 있다.

내게 미국은 무엇이냐고 다시 묻는다면, 이렇게 말할 수밖에 없다. 미국은 미국이다. 근데 아름다울 미美는 아니고 미혹할 미迷, 미국迷国에 가깝지 않을까.

▶ Jason Mraz 〈세찬 비가 쏟아지려고 하네 A hard rain's a-gonna fall〉
https://youtu.be/8O7heJ5ILvM

그들의 꿈은 어찌 되었을까?

뉴욕에서 돌아와 두 달쯤 됐을 때, 9.11 테러[13]가 일어났다.

무너진 월드트레이드 센터는 내가 일주일에 한 번 금융전문가와 인터뷰를 하던 곳이다. 전쟁 같은 난리를 잘 피했구나, 생각이 들기도 했다. 그래도 3년을 지내며 정들었던 도시, 뉴욕의 참담한 광경을 보는 건 괴로운 일이었다.

2002년 3월, 나는 사회부장 발령을 받았다. 사회부에서는 사건 사고를 담당하는 경찰 출입 기자가 주력군이었다. 그들은 무슨 일이 발생하면 집중취재를 하는 기동력으로 뉴스의 시청률을 견인했다. 그런데 하루에 15시간이나 일하는 근무여건이 문제였다. 특히 수습 기자는 퇴근도 하지 못하고 경찰서 기자실에서 쪽잠을 자야

13 9.11테러: 2001년 9월 11일에 미국에서 일어난 항공기 납치, 동시다발 자살 테러다. 이로 인해 뉴욕의 110층짜리 세계무역센터(WTC) 쌍둥이 빌딩이 붕괴하고 버지니아주 알링턴의 미국 국방성 펜타곤이 공격받아 일부가 파괴되었다. 2,996명이 사망하고 약 6천 명의 부상자가 발생했다.

했다. 나는 그 오래된 관행을 개선해야겠다고 마음먹던 참이었다.

사회부장을 맡은 지 일주일 되던 날 아침, 서울 중부경찰서 출입 기자가 울면서 전화를 했다. 후배 수습 기자가 큰 사고를 당해 병원으로 후송됐다는 거다.

기자실에서 야근하던 그 수습 기자는 용산역에 가보라는 선배의 지시를 받았다. 선로 보수작업이 지연돼 열차 운행에 차질을 빚고 있었다. 현장에 간 그는 취재에 열중하다가 진입하던 열차를 보지 못했다. 목격자들은 열차에 치인 그가 10m 이상 날아가 바닥에 떨어졌다고 했다. 병원에 가보니, 그의 선배 기자들이 계단에 주저앉아 눈물을 닦고 있었다. 머리를 심하게 다쳐서 가망이 없다는 의사의 말을 들었다.

아들 소식을 들은 부모님이 지방에서 달려오셨다. 나는 자책감에 고개를 들 수 없었다. 아버님은 기자가 된 아들이 동네의 자랑거리였는데, 하면서 말을 잇지 못하셨다. 수술실 밖에서 부모님과 선배들이 두 손을 모은 채, 긴 밤을 보냈다.

거의 열 시간 걸린 수술이 끝났다. 의사는 아직 희미하지만, 가능성이 조금 보인다고 말했다. 그리고 이틀 뒤, 회생 단계에 들어섰다고 했다. 기적이었다.

기적 같은 경과를 보인 데에는, 김중배 당시 사장의 극진한 보살핌이 있었다. 의료진의 손을 잡고 "꼭 살려주셔야 합니다." 하던 말씀을 잊을 수 없다. 그분은 엄혹했던 5공 때에도 직필을 멈추지 않은, 내가 흠모한 언론계 대선배다. 사장께서는 고비를 넘긴 뒤에도 병원에 날마다 찾아와 의료진을 격려해주셨다.

후배 기자는 재활 기간을 거쳐 1년 만에 회사로 돌아왔다. 회복의 의지가 컸지만, 후유증 때문에 외근을 못 하고 국제부에서 내근 취재를 했다. 그래도 그가 보도국에서 일하는 모습을 보는 게 얼마나 다행인가, 하는 생각이 들었다.

몇 년 지나서, 나는 그의 고향에서 열린 결혼식에 참석한 뒤로는 안부를 잘 챙기지 못했다. 다치기 전처럼 건강해진 얼굴은 가끔 마주칠 수 있었다. 얼마 전 페이스북에서 활짝 웃고 있는 그의 귀여운 딸과 아들 사진을 보았다. 나의 오랜 무심함이 미안할 따름이다.

1년간의 사회부장을 마친 나는 다큐멘터리 만드는 길로 다시 돌아갔다. 이제부터는 이런 다큐를 만들겠다는 다짐이 있었다. 「2580」과 특파원, 사회부장을 거치면서 줄곧 품었던 생각들. 열심히 일하는 사람들의 살림살이가 왜 나아지지 않는지, 양극화는 왜 갈수록 심해지는지, 하는 물음이 그 바탕이었다.

먼저, 「꿈」이라는 다큐를 만들기 위해 내가 찾아간 곳은 강원도 정선의 산골이다. 고랭지 채소를 기르는 조그만 농가에서 자매를 만났다. 중학생 언니는 선생님이 되려는 꿈을 말했고, 눈빛이 반짝

이던 초등학생 동생은 아이돌 가수가 되는 게 꿈이었다. 등교에 나선 아이들이 재잘거리며 달려가고 있었다. 그 굽이진 산길이 험해 보였다.

2005년 10월에 방송된 「뮤직 다큐멘터리-하루」는 내가 갖고 있던 나름의 모든 걸 쏟아 넣은 작품이다.

곳곳에서 다양한 일을 하는 사람들의 하루를, 시간의 흐름으로 따라가며 구성했다. 내레이션을 절제한 자리에, 영상과 잘 맞는 음악을 삽입하는 형식을 취했다. 영화나 드라마에서 쓰던 촬영기법을 다큐에 처음 도입하는 실험도 했다. 무인 헬리캠과 지미집(카메라를 장착한 크레인), 스테디캠을 동원해 역동적인 영상을 만들었다.

결과부터 말하자면, 호평과 함께 상도 많이 받았다. 어느 신문은 '서민의 현실을 시적인 영상에 담은 다큐멘터리의 진화'라고 평했다. 「하루」는 세 사람이 공동 연출한 작품이라고 할 만하다. 영상감독을 했던 조수현 기자, 인물 선정에 특히 공을 들인 임소연 PD의 역할이 컸다. 그들의 열정에 다시 경의를 표한다.

「하루」는 마트에 일하러 간 엄마를 마중 나온 여중생 딸로 시작된다. 그 애가 우산 들고 서 있는 비 오는 거리에, 킹스 싱어즈의 〈음악이 사랑의 양식이 된다면If music be the food of love〉이 경건하게 흐르고 푸시킨의 〈삶〉이라는 시가 나온다.

삶이 그대를 속일지라도

슬퍼하거나 노여워하지 말라.

힘겨운 날도 참고 견디면

즐거운 날이 오리니.

밤 12시, 서울의 어두운 뒷길을 돌고 있는 순찰차. 후미진 골목에서 나이든 두 남자가 노숙하고 있다. 그들은 조금 자다가 새벽 인력시장에 갈 거라고 했다. 경찰관이 한숨을 내쉬었다.

"저분들이 잠잘 공간이라도 있으면 좋겠는데."

동대문시장의 새벽 두시는 대낮처럼 밝다.

거기 길바닥에 쪼그리고 앉아 상인들의 짐을 지켜주는 중년 여성이 있다. 2만 5천 원의 돈벌이지만, 남편의 사업 실패로 빚을 떠안은 그에겐 놓을 수 없는 일이다.

심야에 고속도로를 달리던 트럭 운전기사가 휴게소에 차를 대고 있다. 트럭 뒷자리에 누워 짧은 잠을 청하던 그는 말했다.

"쉰 살, 이 나이에 무슨 꿈이 있겠습니까? 오로지 자식들이 잘 됐으면 하는 생각 말고는 없어요."

창신동 봉제 공장에서 재봉틀을 돌리던 아주머니도 같은 말을 했다.

"애들이 자꾸 커 가는데 잘 못 가르칠까 봐, 그게 걱정이죠. 아이들 미래가 제일 걱정이에요."

마트가 문을 열기 전, 계산원들이 인사하는 연습을 하고 있다. 그 중엔 마흔다섯 살 주부, 앞에 나온 여중생의 엄마도 있다. 종일 계산대에 서서 미끈거리는 숫자와 씨름하는 그의 바람은 소박하다.

"비상금 만들어서 가족 여행을 갔으면 좋겠어요. 남편도 모르게 어느 날 짠, 하고 돈을 내놓고 싶어요."

날마다 도로에서 곡예를 해야 하는 퀵서비스 청년, 무거운 탈을 쓰고 돌아다니는 자동차 세일즈맨, 고객들의 불만을 견뎌내고 있는 콜 센터 사람들. 그들의 힘겨운 일상에, 프랑스 영화 「아멜리에」의 OST가 깔린다. 경쾌한 왈츠곡인데도 왠지 모를 비장함이 묻어 있다. 새벽녘 동대문시장에서 짐 지키던 아주머니가 동네에서 전단을 돌리고 있다. 하루에 세 가지 일을 하는데, 아픈 데가 많아서 걱정이라고 했다.

어느새 밤이 깊어가고 있었다. 고단했던 하루를 보낸 이들은 오늘 얼마나 벌었을까. 나는 이런 자막을 서정적인 음악과 함께 올렸다.

잡화상 할아버지는 오늘 2만 원어치도 팔지 못했다.
하루에 세 가지 일을 하는 아주머니는 오늘, 5만 원을 벌었다.
서울의 어느 68평형 아파트는 1년간 6억 원이 올랐다.
하루에 164만 원씩 오른 셈이다.

폭등한 아파트값이랑 비교를 꼭 해야 하느냐, 튀는 거 아니냐는 논란이 좀 있었다. 상을 결국 받긴 했지만, 당시 방송위원회 '이달의 프로그램'상 심사에서 어떤 위원이 그런 얘기를 했다고 들었다. 아무튼, 그 자막이 양극화를 상징한다는 내 생각엔 변함이 없다.

빗속의 어린 딸이 마트에서 돌아온 엄마를 만나면서 「하루」는 끝나간다.

팔짱을 끼고 걸어가는 모녀의 노란 우산 위로, 노래가 흘러나온다. 그룹 동물원 출신의 김창기 작곡가가 만든 〈더 좋은 날〉이다.

그대 울고 있나요.
힘겨운 하루를 보낸 후
밀려오는 허탈함에 눈물 흘리나요.
그대 울고 있나요.
기나긴 인내의 시간은
그대 작은 어깨로 감당할 수 없었나요.

14년 세월이 흐른 지금, 그들이 궁금하다. 마트 아주머니는 이제 예순이 되었을 나이다. 그의 소망대로 알뜰하게 모은 돈을 짠, 내놓고 가족 여행을 다녀왔을까. 트럭 뒷자리에서 새우잠을 자던 운전기사, 한밤의 봉제 공장에서 잠을 쫓아내던 아주머니의 아이들은 어떻게 되었을까. 「꿈」에 나온 강원도 산골 자매는 선생님이나 아이돌 가수 되는 꿈을 이뤘는지 모르겠다.

꿈으로 올라가는 사다리가 점점 사라지는 오늘, '내 인생은 이미 정해져 있다'라고 말하는 애들이 늘고 있다. 그래도, 내가 만든 다큐 속 아이들은 그런 비관에서 비켜나 있었으면 좋겠다.

- King's singers 〈음악이 사랑의 양식이 된다면 If music be the food of love〉
  https://youtu.be/2sWOWHqw18U
- 아멜리에 OST 〈아멜리에의 왈츠 La Valse d'Amélie〉
  https://youtu.be/Sm0ggPnp35U
- 신형원 〈더 좋은 날〉
  https://youtu.be/aywgzUHyxss

하얗게 지워버리고 싶은 날

2009년 11월. 나는 언론사 논설실장들 모임에 갔다 오면서 다른 방송사 실장과 차를 같이 타게 됐다. 원래 입사 동기였는데 도중에 옮겨간 그가 느닷없이 말했다.

"너희들 조심해야겠더라."

그건 회사에 불어 닥칠 회오리바람을 예고한 말이었다.

며칠 전, 그 동기는 어느 자리에서 방송문화진흥회[14] 이사장을 만났다고 했다. '뉴스도 그렇고 논설위원들 논평도 심하다, 그냥 내버려 두면 안 되겠다'라는 말을 했다는 거다.

MBC 감독기관인 방문진은 그 몇 달 전에 이명박 정권의 사람들로 주요 이사진을 교체했다. 내가 실장으로 있던 MBC 논설실의 위

14 방송문화진흥회; 약칭, 방문진. 1988년 12월, 정부가 가진 MBC 지분 70%를 양도받아 설립된 비영리 공익법인이다. MBC의 대주주로서 경영을 관리, 감독하며 사장의 임명권, 해임권 등을 갖고 있다. 저자가 속해있던 MBC 노조가 방문진 출범에 상당한 역할을 했다.

원들은 4대강 사업과 국정원의 민간인 사찰을 강도 높게 비판하고 있었다. MB를 향한 충성심이 대단했던 방문진 이사들이 고운 눈으로 볼 리 없었다.

그래도 그런 비밀 작업까지 하는 줄은 몰랐다. 7년이 지나서야 공개된 국정원의 '방송장악 문건'을 말한다. 거기에 나는 솎아내야 할 간부로 블랙리스트에 올라있었다. 그런 걸 몰랐더라도 예상했던 일이다. 2010년 3월, 청와대가 보낸 점령군 대장처럼 김재철 사장이 밀고 들어왔다. 몰아친 칼바람 속에서, 나는 아무 할 일이 없는 자리로 보내졌다. 종일 멍하니 앉아있다가 이렇게 시작하는 글을 사내게시판에 올렸다.

"토해낼 수 없는 무엇이 가슴 언저리에 걸려있는 느낌입니다. 울렁거림을 견디기 힘들게 하는, 그 무엇의 정체를 모르겠습니다. 아마도 자괴와 모멸, 그 두 개의 덩어리가 뭉쳐져 있는 게 아닐까 짐작만 할 뿐입니다."

이때는 대체로 감상적이고 은유적인 글이다. 하지만 나는 노조위원장이 해고되고 사태가 점점 악화하자 독한 글을 게시했다. 지금 사장이 5공 때 우리한테 재갈을 물린 사장들보다도 더 나쁜, 최악이라고 했다. 너무 직격으로 쏘아댄 거 아니냐는 동료들의 걱정이 있었지만, 그는 훗날 최악이었다는 걸 스스로 입증해 보였다.

김 사장은 나보다 2년 먼저 들어온 기자 선배다. 내가 노조에 있을 때 그는 '권력으로부터의 자유'를 외친 파업 전단을 거리에 뿌리기도 했다. 그 후, 20년 사이 그에게 무슨 일이 있었기에 자유를 압살하는 권력의 집행자가 되었을까.

그러던 어느 날 나는 '실미도 부대'의 대장이 되었다. 정권비판 성향으로 찍혀 뉴스 일선에서 쫓겨난 기자들이 내가 있던 자리로 왔다. 버림받은 자들이 모여 있다고 해서 실미도 부대로 불렀다. 그래도 무슨 일이든 같이 해봐야지, 하고 내가 기획했던 게 창사 50주년 특집 다큐 「타임」 시리즈다.

뉴스 현장을 한창 뛰어다닐 기자들이 신명나게 할 만한 일은 아니었다. 나도 같은 처지였지만 후배들에게 미안한 심정이었다. 우리는 유명 영화감독들을 다큐 제작에 처음 끌어들이는 실험도 해봤다. 하지만 회사가 그 지경인데 제작에 흥이 날 리 없었다.

그리고 2012년 초. 이때부터는 하루하루가 긴박하게 돌아갔다. 쌓여있던 울분이 많았던 보도국에서 먼저 터졌다. 기자들의 제작 거부는 노조의 전사적인 파업으로 이어졌다. 해고자가 하나둘 늘어났고, 회사는 걷잡을 수 없는 소용돌이에 빠졌다.

파업이 백일 넘게 계속되자 청와대가 긴장하고 있다는 소리가 들렸다. 사장도 안절부절못하고 있었다. 그가 대낮에 어느 공원을 배회하더라는 목격담도 있었다.

노조원 신분이 아닌 국장급 기자들 열 명이 모였다. '이러다간 회사가 완전히 망가지겠다, 그냥 지켜볼 수만은 없다.' 그런 뜻을 모았다. 내가 대표로 글을 써서 게시판에 올렸다. 정중함을 갖춘 호소문의 일부다.

> 마치 궤도를 이탈한 열차가 가파른 내리막길로 치닫는 형국입니다. 기관차에 앉은 선배는 무언가에 스스로 마취돼 승객들을 죽음으로 이끄는지도 모른 채, 알아들을 수 없는 노래를 부르는 듯합니다. 모두가 그렇게 미쳐가야만 하나요.
>
> 이제는 제발, 비상 제동장치를 당겨서 승객들을 구하고 기관차에서 내려와 주기를 호소합니다. 시간이 많지 않은 것 같습니다.
>
> -'김 선배께 드리는 마지막 편지' 중에서. 2012년 5월 17일.

퇴진의 결단을 마지막으로 촉구했지만, 그는 기관차에서 내려오지 않았다. 정권은 강공 드라이브를 택했다. 그러자 사장의 폭주는 막장으로 향했다. 나와 국장급 동료들은 후배들의 파업에 동참할 수밖에 없었다. 해고자가 여섯 명으로 늘어나 있었다. 노조는 우리가 합류하고 두 달 뒤, 더 이상의 희생을 막기 위해 파업을 접었다. 그러자 회사는 대량 징계로 가차 없는 보복을 가했다.

대기발령을 받은 나는 강제교육장으로 이송되었다.

MBC 아카데미. 잠실의 신천(지금의 잠실새내) 지하철역 부근에 있다고 해서 '신천교육대'라는 별칭이 붙은 곳이다.

백여 명의 후배들과 함께 있던 교육장에서 나는 모범생으로 지냈다. 기왕 왔으니 수강에 몰두하자는 생각이었다. 그러고 싶었다. 나 자신의 모습도 그렇고, 보이지 않는 창틀에 갇힌 후배들 얼굴을 바라보는 게 괴로웠다. 내색하진 않았어도 모멸감이 왜 없었겠는가. 말을 거의 하지 않고 지내다 보니 머릿속이 점점 하얘지면서 아무런 느낌이 들지 않았다.

그렇게 지내던 어느 날, 신천교육대 후배들과 한 잔하고 들어온 밤이었다. 혼자 침대에 걸터앉아 있는데 갑자기 속에서 뭔가 올라오는 거 같았다. 취기 탓이었을까. 파헬벨의 〈세레나데〉를 들었던 거로 기억한다. 눈물이 흘러나왔다. 평온한 날이더라도 술 취한 어두운 밤에 들으면 괜히 울컥해지는 음악이다. 그럴 때라면 REM의 〈누구나 상처를 받아Everybody hurts〉 같은 노래가 나왔을 텐데.

> 낮이 너무 길고, 이 밤에 너 혼자뿐이라고 생각될 때
> 살만큼 살아왔다는 생각이 들려고 할 때, 잘 견뎌야 해.
> 누구나 울 때가 있고, 상처받을 때가 있어. 그러니 견뎌야 해.

석 달간의 교육이 끝나고 우리는 뿔뿔이 흩어졌다. 물론 방송현장 복귀는 아니었다. 누구는 헬멧을 써야 하는 신사옥 건설 현장으로, 누구는 새로 만든 스케이트장을 관리하는 곳으로, 누구는 출퇴근하는 데 다섯 시간이나 걸리는 먼 데로 떠났다.

나는 수원지국의 영업 담당으로 발령이 났다. 32년 차 기자를 영업 뛰게 하는 건 좀 그렇다 싶었는지, 아무 일도 시키지 않았다. 그래서 몇 달을 멍청하게 자리에만 앉아있었다.

그러다가 이번엔 미래방송연구를 하는 부서로 옮겨졌다. 이름만 그럴싸하지 여기저기서 쫓겨난 선임들을 모아놓은 있으나 마나 한

조직이었다. 내나 마나 휴지가 되는 걸 알면서도 콘텐츠 혁신을 위한 보고서를 열심히 써냈다.

34년 6개월에 이르는 방송사 생활, 그 마지막 5년을 그렇게 보냈다. 하얗게 지워버리고 싶은 날들이었다.

- REM 〈누구나 상처를 받아 Everybody hurts〉
  https://youtu.be/Y6yUY7M9yfw
- The Elegance of Pachelbel 〈세레나데〉
  https://youtu.be/BNVzNftY22g

낯선 바람이 부는 들판

바깥에는 낯선 바람이 불고 있었다. 파란과 곡절이 많았다 해도 회사에서의 일상은 온실 속이었다는 걸 절감했다. 내가 서 있는 들에서는 GPS도 내비게이션도 작동하지 않았다. 어떤 길로 가야 할지 헤매다가, 작은 터를 잡고 일을 시작했다.

할 줄 아는 게 다큐멘터리나 다른 영상콘텐츠 만들기 말고는 없었다. 퇴직 동료들과 가끔 협력하기도 했지만 1인 사업체였다. 견적서나 계약서 작성하는 것부터 스스로 익혀나갔다. 한 번도 경험하지 않은 걸 한다는 호기심도 오래가진 않았다. 조직과 시스템의 지원을 받는 데 익숙했던 내게는 혼자서 척척 해낼 수 있는 능력이 별로 없었다. 들판에 나와서야 조직의 힘을 알게 된 거다.

추진하던 것들이 뜻대로 성사되지 않았다. 두 개를 벌이면 하나는 걸릴 줄 알았다. 뭘 모르시는군, 청년 시절부터 이쪽 사업을 해온 지인이 그런 표정으로 말했다.

"열 개를 던져서 한두 개 걸리면 성공이에요."

그런데 나는 열 개를 던질 힘이 없었다.

추진력과 돌파력이 부족한 게 나이 탓만은 아니었다. 뒤바뀐 갑과 을의 관계에서, 이젠 을의 처지가 되었다는 걸 제대로 인식하지 못했다. 딴에는 이렇게 혼자 큰소리를 친 적이 있었다.

'난 방송사 다닐 때 갑질을 해본 적이 없어. 기자 노릇 할 때도 취재원들한테 늘 겸손하게 대했다고. 그리고 회사를 떠나는 순간 모든 걸 다 내려놓았지.'

하지만 나를 상대하는 쪽에서는 그렇게 보는 거 같지 않았다. 나는 뭔가를 추진할 때마다 낮은 자세로 임했으나(그건 너무 당연한 거다) 갑이었던 상대방은 이렇게 여기는 듯했다.

'이 사람 아직, 물이 덜 빠졌군.'

방송사 경력이 도움을 주는 게 아니라 장애가 되는 건 아닌지, 느낄 때가 있었다. 그나마 돈을 까먹지는 않을 정도로 사무실은 유지할 수 있었다.

어느 날 반가운 얼굴이 문을 두드렸다.

해직된 후배 이용마 기자[15]였다. 연락도 못 해서 궁금하고 미안하

---

15 이용마(李容馬): 1996년 MBC에 입사한 기자, MBC 노조 홍보국장으로 있던 2012년, 파업을 주도했다가 해직되었다. 그 후 복막암 판정을 받고 투병하던 2017년 1월, 진실을 추구한 언론인에게 수여하는 '리영희 상'을 받았다. 같은 해 12월에 복직했으나 2019년 8월 21일, 50세를 일기로 타계했다.

던 참인데 그는 내 안부를 먼저 물었다.

"어떻게, 잘 되세요?"

"나야 뭐 그냥 그래."

"저는 박사과정을 막 끝냈어요."

그런 얘기를 주고받다가,

"근데 왜 그렇게 배가 많이 나왔니?"

"운동을 너무 안 해서 그래요."

이러고 말았다. 배가 이상하게 불렀던 게 복막암이라는 희소병 때문이란 걸, 그때는 둘 다 모르고 있었다.

암 판정을 받았을 때의 충격과 투병의 고통을 헤아릴 수 있겠는가. 그는 2017년 겨울, 휠체어를 타고 회사로 돌아갔다. 5년 7개월 만의 복직이었다.

그리고 2019년 여름. 부음이 왔다. 하얗게 센 머리, 깡마른 볼에 깊게 팬 골, 그러나 환하게 웃는 얼굴이다. 그 영정 옆에 부인과 쌍둥이 아들이 서 있었다. 아이들은 아직 어려서 아빠의 부재를 실감하지 못하고 있었다.

임종을 지켜본 후배는 용마가 눈을 채 감지 못했다고 했다. 집으로 가면서, 타오르다가 꺼지고 만 그의 쉰 살 인생을 생각했다. 상가에 함께 있던 나의 벗, 김평호 교수가 다음 날 아침 페이스북에 글을 올렸다. 내 느낌도 대변해 주고 있었다.

사람은 죽음을 쉽게 잊도록 짜인 것인가. 망자에 대한 그리움, 유족에 대한 미안함, 그를 박해한 자들에 대한 분노. 그러다 문상을 마치고 돌아가는 길. 밀리는 차, 내리는 비, 열기와 습기에 짜증 내는 자, 나의 이 적나라한 졸렬함을 본다.

이용마. 그가 가는 북망 길에 빛이 있으리. 하지만 오늘, 살아남은 자가 올려다본 밤하늘은 그가 없음을 말하는지, 별들은 구름 속에 숨어버렸다.

퇴직하고 1년이 지난 2016년 겨울, 촛불을 치켜든 분노의 함성이 광화문 광장을 흔들었다. 탄핵과 구속, 국정농단에 대한 단죄가 이어지자 회사를 만신창이로 만든 자들도 퇴각했다. 너무 오래 신음하던 회사는 중환자실에서 산소 호흡기를 대야 할 지경이었다. 누구도 관심이 없는 매체가 되어있었다. 더구나 유튜브와 넷플릭스가 미디어 생태계를 장악해 가던 때, 그 7년의 긴 골든타임을 허송한 게 뼈아픈 형국이었다.

나는 2017년 11월, 새로운 사장을 뽑는 공모에 지원했다. 오래 가졌던 생각은 아니고, 어느 날 문득 한번 나가봐야겠다는 마음이 생겼다. 가장 큰 과제였던 적폐청산과 나름의 혁신방안을 들고 나갔다. 세 명의 최종 후보에 선정돼 정책을 발표할 기회도 얻었지만 뜻을 이루지 못했다.

새 사장과 모든 구성원이 팔을 걷고 폐허 속의 잔해를 정리하고 있었다. 하지만 새로운 집을 짓기에는 상태가 예상보다 심각했다. 적자는 누가 봐도 불가피한 형편이었고, 예전의 명성을 되찾는 길은 멀고 험해 보였다.

집에서 쉬다가 모처럼 후배들과 저녁 자리를 가졌다. 그들은 낮은 자세로 뭐든지 해야겠다는 다짐을 말하고 있었다. 그 절박함에, 내가 줄 만한 신박한 팁은 없었다. 근데 그때는 미처 해주지 못한 말이 있다. 사무실을 차린 뒤 고전하던 나한테 아프게 다가왔던 '얀테의 법칙Law of Jante' 열 가지. 노르웨이와 덴마크 국민이 나라의 융성을 끌어낸 덕목이다.

① 당신이 특별하다고 생각하지 마라

② 당신이 남들보다 좋은 사람이라고 생각하지 마라

③ 당신이 남들보다 똑똑하다고 생각하지 마라

④ 당신이 남들보다 더 낫다고 생각하지 마라

⑤ 당신이 남들보다 더 많이 안다고 생각하지 마라

⑥ 당신이 남들보다 더 중요하다고 생각하지 마라

⑦ 당신이 모든 일을 잘한다고 생각하지 마라

⑧ 남들을 비웃지 마라

⑨ 누군가 당신에게 관심 있다고 생각하지 마라

⑩ 남들에게 뭐든 가르칠 수 있다고 생각하지 마라

자신을 낮추는 것이 결국엔 집단과 개인의 경쟁력을 동시에 높여준다는 교훈이다. 내 삶에도 소중한 말, 회사의 혁신을 꾀하는 후배들도 새겨볼 만한 말이다.

가을에서 겨울로 넘어갈 때는, 닐 영의 노래가 좋다. 〈사방의 세찬 바람Four Strong Winds〉이 어떨까 싶다.

사방에서 쓸쓸히 부는 세찬 바람,
대양의 물결이 거세지라도
그 모든 것들은 바뀌지 않아.
무슨 일이 있어도 말이야.
좋은 시절이 다 가버렸다면,
다른 곳을 향해서 떠나가야지.

널 영은 바람 속에서 관조를 노래하고 있다. 관조觀照. 사전의 뜻풀이는 이렇다. '고요한 마음으로, 사물과 현상을 관찰하거나 비추어 본다.' 퇴직한 뒤 지리산 자락에서 글 쓰며 10년째 혼자 지내는 선배는 내게 '마음 챙김'을 얘기해주곤 한다. '지금, 여기'를 사는 지혜를 일컫는 말이다.

나는 오늘 마음을 잘 챙기고 있거나, 고요한 마음을 유지하고 있는가. 이따금 마음의 흔들림을 느낄 때, 관조라는 말을 쉽게 하면 안 된다는 생각이 들었다.

▶ Neil Young 〈사방의 세찬 바람(Four Strong Winds)〉
https://youtu.be/PTMMS88gi6c

[Epilogue]

다시, 얕은 물가에 앉아

나의 아침 일상은 달라진 게 별로 없다. 새벽에 일찍 깨는 것부터 여전하다. 그나마 잠결을 흔드는 잡념이 줄어서 30분쯤은 더 잔다. 카톡 소리는 어김없이 일곱 시의 알람을 대신하고, 모양이 약간 달라진 이모티콘이 빙빙 돌아가고 있다. 그다음 코스도 그대로다. 커피를 사 들고, 공원 벤치로 가서, 오가는 사람을 바라본다.

그 뒤로도 몇 번을 더 봤던 그가 오랫동안 보이지 않았다. 등산복 입고 지하철역으로 서둘러 가던, 내 또래의 그 남자. 혹시 아프거나 산에 가는 것도 귀찮은 무기력에 빠진 건 아닐까. 그게 아니라 어떤 일자리를 잡아서 볼 수 없는 거라면 좋겠다.

언젠지는 기억이 안 나지만 꽤 높은 산을 오른 적이 있다. 산 중턱 가는 길에 이미 헉헉거리던 나는 여기 왜 따라왔나 싶었다. 그래도 7부능선에는 왔으니 이젠 고비를 넘겼구나, 했는데 그게 아니었다. 정상까지는 깔딱 고개의 연속이었다. 지난 몇 달간 책을 써온 나는 산에 오르던 그때와 거의 똑같은 곡절을 겪었다.

무거운 발목처럼 글의 진도를 더디게 했던 건 무얼까. 누구도 궁금해하지 않는 이야기를 나는 왜 쓰고 있는 거지? 하는 회의가 컸다. 다른 사람이 당신한테 관심 있을 거라고 여기지 마라, 얀테의 법칙도 생각났다.

어둡고 신산했던 시대에 응어리가 쌓이지 않은 어린 날이 어디 있으며, 휘청거리지 않은 청춘은 또 어디 있는가. 순탄치 않았던 개인사, 수난이 많았던 회사 생활이었다 해도, 살면서나 일하면서 그보다 훨씬 힘든 고난을 겪은 사람이 얼마나 많은가.

안정된 직장인으로 누린 호의호식, 허리를 굽히지 않는 기자라는 직업. 그런 환경에서 지낸 시간에 정서적인 호소력이 있을까, 하는 고민도 있었다.

그런데도, 62년간 어쩌다 인생을 살아온 한 남자의 얘기가 삶의 공통된 키워드 속에서 공감은 주더라, 여긴 분들이 있다면 감사할 따름이다.

나는 이제야 고백한다. 아내의 도움이 없었다면 책을 쓸 수 없었다.

처음엔 그냥 독자의 관점에서 읽어봐 주겠다고 했다. 근데 아내는 어느새 너무나 충실하고 고마운 감수자가 되었다. 맥락이 흐트러진다, 감정의 흐름이 끊기고 있다, 단어와 조사의 선택까지 짚어주는데 놀랐다. (잘 보이겠다는 아부가 아니다) 글이 잘 써지지도 않고 회의에 빠져서 그만 접어버릴까, 하던 날도 있었다. 그럴 때 아내가 나타나면 정신이 번쩍 들었다.

"당신, 지금까지 잘하고 있어요."

이러면 기분이 확 살아났다.

그러니 아내가 시키는 심부름을 주저할 수 있겠는가. 오늘 동네에 순대 트럭이 오는데 좀 사달라고 했다. 나는 냉큼 달려갔다. 마음씨 좋아 뵈는 아저씨가 순대를 자르고 있었다. 네 식구가 먹어야 하니까 모듬순대 8천 원어치를 달라고 했다. 그랬더니 아저씨는 5천 원어치면 충분할 거라고 해서 당황했다. 옆에서 차례를 기다리던 아주머니가 말했다.

"난 요즘 세상에 이런 아저씨 처음 봤어. 그래서 돈 벌겠어요."

순대 아저씨는 웃기만 했다. 손님들이 적은 돈으로도 만족을 느끼게 된다면, 그게 그의 큰 보람인 듯했다. 순대 봉지를 들고 오면서 저런 분들이 있는데 세상은 왜 이 모양인가, 생각이 들었다.

글 쓰는 게 때로는 고통이었다. 그러나 넘어서면 마음이 가벼워지는 희열이 있었다. 오래 꺼져있던 기억의 저장소에 불이 켜지자, 기뻤거나 슬펐던 일들이 또렷이 되살아났다. 가슴 깊은 곳, 회한의 굴레에서 해방되는 자유를 느꼈고 내가 누구였는지를 비로소 알게 됐다. 이제 단조로운 일상으로 되돌아간다 해도 두려울 건 없다.

책에 꼭 넣어야겠다고 꼽았던 이 노래는 여기가 좋겠다. 다큐멘터리로 치면, 엔딩 송이다. 떠나간 연인을 그리는 장필순의 〈나의 외로움이 널 부를 때〉. 노래 속의 '너'를 지금의 나한테 대입한다면 무엇이 될까. 너는 내 젊은 날을 지치지 않게 했던 열정일 수도, 내 삶의 오랜 터전이던 회사와 방송일 수도, 내가 힘들 때 곁에 있어 준 이들의 사랑일 수도 있지 않을까.

널 위한 나의 마음이
이제는 조금씩 식어가고 있어.
하지만 잊진 않았지.
수많은 겨울들, 나를 감싸 안던 너의 손을.
서늘한 바람이 불어올 때쯤엔, 또다시 살아나
가끔씩 오늘 같은 날, 외로움이 널 부를 땐
내 마음속에 조용히 찾아와줘.

▶ 장필순 〈나의 외로움이 널 부를 때〉
https://youtu.be/2dCawq3tXr0

어쩌다
우호 씨가 마주친 세상

1판 1쇄 인쇄 | 2019년 12월 03일
1판 1쇄 발행 | 2019년 12월 20일

지은이 | 이우호
펴낸이 | 김경배
펴낸곳 | 시간여행
디자인 | 디자인[연:우]
등 록 | 제313-210-125호 (2010년 4월 28일)
주 소 | 경기도 고양시 덕양구 지도로 84, 5층 506호(토당동, 영빌딩)
전 화 | 070-4350-2269
이메일 | jisubala@hanmail.net

종 이 | 엔페이퍼
인 쇄 | 한영문화사

ISBN 979-11-90301-02-2 (03810)

이 도서의 국립중앙도서관 출판예정 도서목록(CIP)은 서지정보유통지원시스템 홈페이지(http://seoji.nl.go.kr)와 국가자료 공동목록시스템(http://www.nl.go.kr/kolisnet)에서 이용하실 수 있습니다. (CIP제어번호: CIP2019049693)